みんな孤独だけど

喜多嶋 隆

角川文庫 17535

Contents

宅配便で届く恋もある

宅配便は、わたしが何かをしているときにくることが多い。

その日も、そうだった。わたしは、アイスティーをつくっている最中だった。ピッポーンッと、何かを弾《はじ》くようにチャイムが鳴った。わたしは、手を止め、壁の方に歩いていく。

オートロック・システムのモニター画面が壁にある。画面には、男の人の上半身が映っていた。宅配便のユニフォームを着て、キャップをかぶっている。もう、おなじみになった人だ。わたしは〈どうぞ〉と言い、解錠ボタンを押した。マンション玄関のドアが開き、彼が入ってくるのが画面に映る。わたしの部屋は、12階建てマンションの5階にある。

普通、宅配便の人はわたしの部屋までくるのに、だいたい2分以上かかる。けれど、いまの彼は、30秒から40秒でやってくる。というのも、彼はエレベーターを使わない。5階まで、階段を駆けのぼってくるからだ。

30秒後。わたしは、部屋のドアを開けた。かろやかな足音がきこえ、彼が走ってくる。片手に薄い封筒を持っている。さすがに、少し息をはずませている。

彼は、4ヵ月ほど前から、このエリアの担当になった人だ。30歳か、もう少し上。背が高く、筋肉質の体つきをしていた。いつも、おだやかな微笑を浮かべている。わたしは、彼がさし出した封筒をうけとった。出版社の封筒。送り主は、わたしの担当編集者だ。彼がさし出した宅配便の伝票に、わたしはサインをした。

「ごくろうさま」

「どうも」

彼は言った。また、階段の方へ小走り。わたしは、その後ろ姿を、しばらく見ていた。この部屋に引っ越して、もう4年になる。けれど、5階まで駆けのぼってくる宅配便の人は、初めてだった。彼がなぜ階段を駆け上がってくるのか、それは謎だった。

わたしは、うけとった封筒を、ダイニングキッチンのテーブルに、ぽんと置いた。

胸の中で〈やれやれ、またボツか……〉とつぶやく。

封筒の中に何が入っているか、わかっていた。ボツになったマンガのプロット、つまりあら筋。そして、担当編集者からの手紙だ。アイスティーをつくり終える。それを飲みながら、いちおう封筒を開いてみた。案のじょう、わたしが出したマンガのプロット案。そして、担当者、柏原《かしわばら》からの手紙だった。

マンガを作品化する場合、まず、プロットづくりからはじまる。主人公は？　舞台の設定は？　ストーリーは？　そしてラストシーンは？　などなど……。わたしは、いつも、それを箇条《かじょう》書きにして、担当者に提出している。またボツになったけれど……。

担当者の柏原は、デリケートな性格の人だった。作品はボツ。それを電話で伝えるのは、苦手にしている。なので、手紙で伝えてくるのだ。彼から手紙がくる場合、そのプロットはボツだと、すぐわかる。プロットがオーケイなときは、逆に電話がくるのがこれまでのパターンだった。

今回、わたしが考えたプロットは、ＦＭ局のディレクターと、パーソナリティーの女性の恋愛物語だった。ＦＭの番組をつくりながら、しだいに親しくなっていく二人……。基本的には、そんなストーリーだ。

わたしは、柏原からの手紙を開いた。パソコンで打ち、プリントアウトしたものだった。デリケートな性格の彼らしく、ていねいな文章だった。〈お疲れさま〉で、はじまる。〈今回も、頑張ってくれましたね〉と続く。けれど、やがて〈残念ながら〉とくる。

手紙の内容をダイジェストすると、こうなる。ＦＭ局を舞台にしたラブストーリーは、これまでにもあった。彼も、５年前に、担当して作品化したことがある。つまり、マンガのストーリーとして、新しさが感じられないのでは……。それが、柏原からの手紙だった。最後に、〈つぎを期待しています。私も、そして読者も……〉と結ばれていた。わたしは、その手紙をテーブルに置いた。ふーっと、ため息をついた。

けれど、それほど失望していなかった。今回のプロットがボツになるのは、なかば覚悟していた。わたしも、マンガ家としてデビューして10年近くになる。ほかの作家の作品も、山ほど見てきた。なので、今回のプロットにあまり新鮮さがないのは、ある程度わかっていた。

仕方ない。ネクストだ……。わたしは、自分を元気づける。ダイニングキッチンのとなりにある仕事部屋に入っていった。

気がつくと、夜の8時を過ぎていた。

わたしは、仕事用のデスクから顔を上げた。仕事部屋には、わたしのデスクと、あと2つ、デスクがある。それは、アシスタントのためのものだ。けれど、アシスタントがくるのは、作品づくりの後半。ペンを持って絵を描《か》く段階だ。プロットづくりをしているいま、仕事部屋には、わたし1人しかいない。仕事部屋は、ガランとして、ただ静まり返っている。わたしは、イスから立ち上がる。ちょっと背中をのばす。

「やれやれ……」

と言った。けれど、誰もきいていない。自分の言葉が、むなしく部屋に響いた。わたしは、ダイニングキッチンに歩いていった。自分で夕食をつくろうと思えば、つくる材料はある。でも、1人でつくって、1人で食べる気にならなかった。きょう1日、誰とも会っていない。口をきいたのは、宅配便の彼だけだ。

外へ出ることにした。淡い色の口紅を、さっと塗った。髪にブラシを入れる。わたしの髪は、ストレート。前髪は、眉《まゆ》のあたりで揃えてある。後ろは、肩にかかっている。黄色いポロシャツ。細かいチェックのスカート。お財布だけを持って部屋を出た。エレベーターでおりる。マンションの玄関を出ると、本郷《ほんごう》通り。きょうは気温が高い。そろそろ、夏がはじまろうとしていた。今夜の本郷通りは、珍しく車が渋滞している。少し排気ガスの臭いを感じる。東京の夏は、やっぱり苦手だなあ……。わたしは、胸の中でつぶやいていた。

わたしは、北海道の札幌で生まれた。

父は歯科医。自宅のとなりで歯科医院を開いていた。わたしには、2つ年下の弟がいる。歯科医院は、弟が継《つ》ぐことになっている。

わたしが初めてマンガと出会ったのは、確か5歳の頃。父がやっている歯科医院だった。歯科医院には、もちろん子供の患者もくる。そのため、待合室には、マンガが用意されていた。少年マンガも、少女マンガも、揃えてあった。わたしは、時間があると、待合室にいき、マンガを読むようになっていた。5、6歳の頃は、その年齢向きの少女マンガを読んでいた。

4歳からは、ピアノを習っていた。ピアノを弾くのは好きだった。けれど、それ以上にマンガを読むのが好きだった。わたしにピアノを習わせていた母は、マンガを読んでいるわたしを見て、苦笑いしていた。

小学生の頃、中学生の頃、わたしのマンガ好きは、変わらなかった。中学2年になると、自分でも描くようになった。といっても、有名なマンガのマネが多かったけれど……。

高校生になった。自分でストーリーを考え、作品を描きはじめた。描いては、女友達に見せた。いろいろな意見をきいた。ほめられたり、けなされたり……。

高校2年の秋。初めて、描いた少女マンガを新人賞に応募してみた。予想はしていたけど、まるでダメだった。それでも、わたしは、落ち込んだりしなかった。

高3の春。応募した作品が、新人賞にひっかかった。第一次選考を通った。マンガ雑誌に、ごく小さくだけれど、名前が載《の》った。〈芹沢雅子《せりざわまさこ》　北海道〉と、大ぜいの中に自分の名前があった。そのマンガ誌が出てから1週間ぐらい、毎日のように、そのページを眺めたものだった。

高3の夏。そろそろ卒業後のことを考える時期だ。ピアノは、ずっと続けていたので、両親は音大に進ませたかったようだ。けれど、わたしの気持ちはマンガに向かっていた。とりあえず、札幌市内の短大に進学することで、両親を説得した。高校の卒業が近づいた冬。窓の外に降る雪を横目に、わたしはマンガを描き続けた。

チャンスがきたのは、短大1年の秋だった。応募した作品が、新人賞の佳作になった。その知らせがきたときは、鳥肌が立った。東京の出版社から、続けて連絡がきた。今回、佳作になった作品を、手なおししてみないか、という連絡だった。もし、うまく手なおしができれば、作品を雑誌に載せる可能性があるというメールがきた。

そして、ここが弱い、逆に、ここをもう少し強調して……そういうアドバイスもきた。それをもとに、わたしは、作品を描きなおした。10日間かけて、描きなおした。

それまでの人生で、これほど何かに熱中したことはなかったと思う。

できた作品を持って、わたしは東京にいった。初めていく出版社。初めて会う編集者。もちろん、わたしはこちこちに緊張していた。

出版社の1階にあるロビー。マンガ家らしい人と編集者らしい人が、打ち合わせしていた。マンガ家らしい若い女性は、髪の一部をグリーンに染め、ボロボロのジーンズをはいていた。煙草を吸いながら、打ち合わせをしている。まるでロックバンドのメンバーのようだった。一種の迫力があった。それを見たとたん、わたしは、しまったと思った。東京でバリバリ活躍しているマンガ家というのは、こういうものなのかとショックをうけていた。

　そのときのわたしのスタイルは、こんなだった。オフホワイトのポロシャツ。キャメルのブレザー。バーバリーのスカート。こげ茶のローファー。まるで、どこにでもいる女子大生だ。迫力は、ゼロ。

　といっても、いまさら、仕方ない。わたしは、そのロビーで担当者の人と会った。担当の人は、35歳ぐらいだろうか。グレーのジャケットを着てノーネクタイ。知的で優しい表情をしていた。名刺を見ると、少女マンガ誌の誌名が入っていて、〈編集部デスク　木元淳一《きもとじゅんいち》〉となっていた。

　彼とわたしは、ロビーの片すみにあるテーブルをはさんで向かい合った。〈札幌から、わざわざ、ご苦労さま〉と木元さんは言ってくれた。わたしは、緊張したまま、手なおししたマンガの原稿をさし出した。木元さんは、それを見はじめる。わたしの緊張は、ピークに達していた。木元さんは、マンガの原稿を、ゆっくりと見ていく。

マンガのタイトルは『イチョウの樹の下で』。札幌の高校が舞台の恋愛ものだ。ポイントになっているのは、学校の近くにある1本のイチョウ。その大きなイチョウの樹が作品の大事なモチーフになっている。その樹の下で雨やどりをする場面で、ヒロインの女子高生と同じ高校に通う彼は初めて言葉をかわす。そして、ストーリーのラストは秋。まっ黄色になったイチョウの葉が、雪のように降り注ぐ。その中で、ヒロインは彼に告白をする。彼が彼女の肩を抱きしめるところで終わる。『あたたかい冬がやってくる、そんな予感がしていた。』というモノローグで物語は終わる。

木元さんは、20分ぐらいかけて、そのマンガ原稿を読み返している。そして、顔を上げた。〈描きなおして、ずいぶんよくなったね〉と言い、微笑した。これなら、マンガ誌に掲載できるかもしれないと言ってくれた。さらに木元さんは説明する。彼の少女マンガ誌で連載をしているマンガ家の人が、急病で入院してしまった。このままでは、ページに穴があく。こういうときのために、予備の作品は用意してある。けれど、こういうチャンスには、どうせなら新人の作品を載せたいというのが編集部の意見だと言った。

わたしの胸は高鳴った。同時に、作品のラストに不安があった。イチョウの葉が降り注ぐ中、彼がヒロインの肩をそっと抱きしめるところでストーリーは終わる。これは、淡白すぎないか。主人公の二人が、キスをする。あるいは、キスをすることを暗示させる。そこまで描いた方がいいのでは……。そんな迷いがあった。わたしは、そのことを正直に話した。

木元さんは、〈いや、これでいいと思うよ〉と言った。彼のマンガ誌の読者、その中心になる年齢層は女子中学生だという。そのことを考えると、ストーリーの終わり方はこれでいいと思うと、彼は言った。これから、作品を編集部に持っていって検討するよと言った。わたしは、〈よろしくお願いします〉と頭を下げた。

ひさしぶりの東京なので、わたしはホテルに部屋をとっていた。ホテルの部屋に入り、ほっとひと息。ブレザーを脱ぎ、クロゼットの中にかける。16階の窓から、東京の街を眺めた。ビル群に、遅い午後の陽が当たっていた。

電話がきたのは、午後6時過ぎ。晩ご飯をホテル内のレストランに食べにいこうか……そんなことを考えているときだった。ベッドの上に置いてある携帯が鳴った。木元さんからの電話だった。

「君の作品を掲載することに決まったよ。さっそく来月に発売の号に載せる。くわしくは、あらためて連絡するよ」

彼は言った。まわりの騒がしさが、電話からも伝わってくる。たぶん、編集部からかけているのだろう。すぐに電話は切れた。

わたしは、しばらく、茫然《ぼうぜん》としていた。自分のマンガが、雑誌に載る……。そのことに、現実感がなかった。5分ほどして、また、携帯を手にした。〈着信履歴〉を見る。木元さんからの着信履歴が、ちゃんとあった。ちょうど6分前だった。

それを見ているうちに、実感がわき上がってきた。わたしは、ベッドの上に、体を投げ出した。うつ伏せに、体を投げ出した。そして、子供のように、両手両足をバタバタさせた。誰も見ているわけじゃない。わたしは、思いきり、両手両足をバタバタさせた。〈やった！〉と叫ぶかわりに、ベッドの上で、手足をバタバタとさせていた。

30分ぐらいして、落ち着いてきた。わたしは、北海道の友達に電話した。中学時代から、わたしが自分で描いたマンガを見せていた友達だった。わたしが、作品の掲載が決まったと言うと、〈……よかったね……〉と彼女。やがて涙声になった。わたしの鼻も、ツンとしていた。頬に涙がつたっていた。〈あした、帰ったら、くわしく話すね〉と言って、電話を切った。

札幌に帰ると、あわただしくなった。木元さんから、メールがくる。用件その1。デビュー作を載せるにあたって、ペンネームをどうするか。本名のままでもいいと思うと木元さん。最終的には、自分で決めてほしいと言った。

マンガ家のペンネームは、いろいろだ。けど、わたしは自分の名前がわりと好きだったので、そのまま〈芹沢雅子〉でいきたいと返信した。ペンネームは、本名でいくことになった。

木元さんからの用件その2。つぎの作品のプロットをつくり、送ってほしい。できるだけ早く。そういう内容だった。できれば、今回の作品と同じ、札幌が舞台の恋愛もので、読み切り。木元さんからのリクエストは、そういうことだった。

けれど、わたしは、あわてなかった。高校1年の頃から描いていた作品が、かなりの数あった。みんな、自分が通っていた高校や、その周辺を舞台にしたラブストーリーだった。その中から、出来のいいと思えるものを送っていくことにした。

発売になる2日前、マンガ雑誌が出版社から送られてきた。表紙には、〈札幌から新人デビュー！〉の文字があった。タイトルと、わたしの名前も印刷されていた。

その夜は、家族がお祝いをしてくれた。昔からよくいく市内のレストラン。ステーキで、お祝いをした。父は、珍しく、かなりの量の赤ワインを飲んだ。両親にとっては、複雑な心境だったと思う。本心を言えば、娘には、平凡な結婚をしてほしいだろう。けれど、わたしは、マンガ家としてのスタートを切ろうとしている。そのあたり、親としては複雑な気持ちになって当然だろう。父が、いつも以上にワインを飲んでいる姿を見て、わたしはそう思っていた。

わたしが、次の作品のプロットを出版社に送ろうとしていると、木元さんから連絡がきた。わたしのデビュー作は、予想以上に好評だという。マンガ雑誌では、出るたびに、アンケートをとっているらしい。どの作品が良かったかというアンケートを必ずとっているという。そして、今回の結果が出た。わたしの作品は、4位だったという。新人のデビュー作としては、かなりいい成績らしい。木元さんは、早く、つぎのプロットを送ってくれないかと言った。

わたしの作品は、2ヵ月に1度のペースで雑誌に載るようになった。なんとか短大に通いながら、わたしは、がんばっていた。作品は、すべて読み切り。札幌の高校を舞台にしたラブストーリーだった。

短大2年。5月はじめ。わたしは、また東京にいった。木元さん、それに編集長と、食事をしながら、じっくりと話した。

その中で、わたしは2人に質問してみた。わたしの作品は、すべて、札幌が舞台。しかも、とりたてて刺激があるわけではない。ひたすら叙情的なラブストーリーだ。ところが、同じ雑誌の中には、いろいろな作品が載っている。サスペンスタッチのもの。ホラーもの。以前ならSFと呼ばれていた、ファンタジーもの。不良っぽいバンド少年やバンド少女が登場するもの。などなど……。そんな中で、札幌を舞台にしたわたしの作品は、のんびりし過ぎていないか……。刺激的な要素がなさ過ぎではないか……。そんな不安を、木元さんと編集長に話してみた。

編集長は微笑した。そして、〈育ちのいい作品は、雑誌にとって大切なんですよ〉と言った。〈育ちのいい作品?〉わたしがきき返すと、編集長はうなずいた。〈あなたの作品は、作者のあなた本人がそうであるように、育ちのよさを感じさせる。ヒット狙いというような、あざとさをまったく感じさせない。それは、とても貴重なことなんですよ〉と言ってくれた。

編集長は、さらに言葉を続ける。〈少女マンガ誌には、確かに、いろいろな作品が載っています。サスペンスタッチのもの。恐怖感を狙ったホラーもの。非現実の世界を描くファンタジーものなどなど……。しかし、リアルな同世代の恋愛や心の揺れを描く、叙情的なラブストーリーは、いつの時代でも絶対に必要だと考えています。美しく、ピュアなものですね……。音楽の世界を考えてみればわかる。さまざまな音楽が世の中にあふれているけれど、あのビートルズの美しい曲が、いまでもくり返し流され、カバーされている……それを考えてみれば、わかるでしょう。エバーグリーン、つまり、時代の流行をこえて、人々の心をとらえ続けるものというのは必ずある。あなたが描くマンガは、そういうタイプの作品なんです。自信を持ってください〉。編集長は、そう言ってくれた。なんだか、元気がわいてきた。

これからの展開について、木元さんが話しはじめた。〈ここしばらくは、北海道を舞台にして描き続けてみないか〉と彼は言った。

叙情的なラブストーリー。それを、ただフワフワしたものにしないためには、どこかにリアリティーが必要だ。たとえば、その物語の舞台となる土地のリアリティー……。そういう意味で、わたしの作品にとっての北海道は重要だと木元さんはいう。

〈たいていの人が、北海道に対して、一種のロマンを持っているからね〉と木元さん。大ヒットしたドラマ『北の国から』などを例に出した。

そう言われれば、うなずける。北海道には、大自然があり、四季の変化が美しい。札幌の郊外でも、春から初夏にかけて一面にラヴェンダーが咲く場所がある。そして、切ないほど短い夏（これも、ラブストーリーには使いやすい）。あっという間にやってくる紅葉の季節。そして、雪……。

〈雪は、作品のモチーフとしていいよね〉と木元さん。わたしも、うなずいた。雪が降る情景というのは、絵になりやすい。とくにラブストーリーを描く場合には……。

そのあたりで、2人との大事な話は終わった。しばらく、札幌の高校を舞台にしたラブストーリーを描くこと。何よりも、北海道の空気感やリアリティーを大切にすることなど、わたしは、心の中にメモをした。

その翌日。わたしは、雑誌のためのインタビューをうけた。出版社の中にある会議室で、インタビューをされた。インタビュアーは、三十代の女性ライターだった。わたしは、自分の生まれ育ち、マンガを描こうとしたきっかけなどを正直に話した。

そのあと、カメラマンの人がやってきて、写真を撮られた。わたしは、立ち会っている木元さんに、〈このスタイル、普通っぽ過ぎません?〉と、きいてみた。白いブラウス。薄いコットンのカーディガン。細かい水玉のスカート。そんなスタイルだった。まるで、どこにでもいる女子大生……。

でも、木元さんは〈それでいいよ〉と言った。写真撮影が終わったあと、出版社の近くのコーヒーショップで話した。確かに、マンガ家には、ユニークなスタイルの人も多い。それは、もちろん個性。〈でも、君のように、いい境遇《きょうぐう》で育ったことを感じさせるお嬢さんっぽさっていうのも、特にこの時代には立派にひとつの個性だと思う。作風とも合っているし〉と木元さんは言ってくれた。

翌月に発売された号に、わたしのインタビュー記事と写真が載った。連載をしているマンガ家さん、わたしのように隔月や単発で作品を載せているマンガ家などを紹介する見開きページだった。

〈人気上昇中！　現役女子大生作家〉というタイトルがつけられていた。そして、インタビュー記事の柱は2つ。その1は、北海道の札幌育ち。そして、もう1つは、〈育ちのよさ〉だった。それは、木元さんが、ある程度コントロールした内容だったかもしれない。それはそれとして、〈おっとりとしたお嬢さんぽさを感じさせる〉などと書かれていると、わたし自身は、少し照れた。高校時代は、まわりから、おっとりというより〈とろい〉と言われてばかりだったから……。


短大2年の11月、作品が単行本になった。それまでマンガ誌に載った7本の作品に、1作を描きたして、初めての単行本が出た。タイトルは、最初の作品の『イチョウの樹の下で』になった。

単行本が書店に並んだ日。札幌に、この年初めての雪が降った。わたしは、傘をさして、書店にいった。札幌でも大きな書店。そこに、わたしの単行本は並べられていた。すでに、見本として、単行本はわたしの家に送られてきていた。けれど、実際に、書店に並んでいるのを見ると、胸が熱くなった。1冊だけ、自分で買った。ダッフルコートの中に単行本を抱きしめて、近くのファミレスにいった。熱いミルクティーを前に、そのページをゆっくりとめくった。窓の外では、雪が本降りになっていた。

連載をはじめてほしい。その話がきたのは、年が明けてからだった。わたしの単行本は、新人のものとしては、そこそこの売れゆきだという。そんなこともあり、いよいよ連載をはじめてほしいと、木元さんが言ってきた。

月刊誌に連載……。そうなると、東京に出ていく必要があるかもしれない。わたしは、そのことを担当編集者の木元さんに相談した。〈もしできるなら、そうしてほしい〉と木元さん。

わたしは、1週間ほど考え、東京に出ることを決めた。両親に話した。〈まあ、やるだけやってみるんだな〉と父は言ってくれた。もうすぐ短大を卒業する。それと同時に、東京に出ることが決まった。

忙しくなった。2月はじめ、母と一緒に、東京にいった。部屋さがしのためだ。いちおう、下調べはしてあった。そして、田園都市線の沿線で部屋を見つけた。駅から、歩いて10分のところにあるマンション。1DKの部屋だった。家賃もそこそこだった。

広めのダイニングキッチンがあり、大きめのテーブルが置ける。大きめのテーブルは、アシスタントを使う必要がでてきたとき、役に立つ。これまで、すべての作品の細部まで、自分1人で描いてきた。けれど、連載となると、アシスタントを使う必要が出てくるかもしれない。それは、木元さんから言われていた。

部屋を決め、一度、札幌に戻った。東京で生活するための、いろいろな準備。それと同時に、連載のことを考えなければならない。読み切りと連載では、大きなちがいがある。場合によっては、3年4年と連載することになるかもしれない。なので、ストーリーの骨組みが、しっかりしている必要がある。登場人物たちにも、厚みが必要になる。それは、わかっていた。わたしは、東京暮らしの準備をしながら、プロットを考えていた。

「いよいよ、東京だね……」

と明美《あけみ》が言った。彼女は、中学時代のクラスメイト。わたしがマンガのようなものを描きはじめた頃からの親友だ。彼女は、高1のとき、一家で函館《はこだて》に引っ越した。けど、親友としてのつき合いはずっと続いていた。高校時代、短大時代、わたしはしょっちゅう函館にいる明美のところに遊びにいっていた。夏休みや春休みは、何日も彼女の家に泊まった。わたしのマンガが初めて雑誌に載ることが決まったあの日。東京のホテルから電話した相手も、彼女だった。

あと2日で東京にいくという日、明美が函館から札幌にきてくれた。3月後半だというのに、寒い日だった。わたしたちは、お昼にビーフシチューを食べた。そして、大通公園を歩いていた。グレーの空から、小雪が降りはじめていた。わたしたちは、ぽつりぽつりと言葉をかわしながら、小雪がちらつく中を歩いていた。

「しょっちゅう帰ってくるわよ。飛行機で1時間なんだから」

わたしが言った。明美が、2、3回うなずいた。彼女の髪についていた粉雪が、パラパラと落ちた。

東京に向かう飛行機の中。わたしは、ノートをひろげていた。マンガのプロットを書きとめたノートだった。

連載なので、物語の舞台を、札幌と函館の両方にした。札幌だけでは、世界が狭くなり過ぎると思った。ストーリーの展開を大きくするにも、その方がいいだろう。

主人公の二人は、札幌の中学で同級生だった。もちろん、お互いに好意は持っている。ところが、彼の父親の転勤で、一家は函館に引っ越してしまう。そこから、一種の遠距離恋愛がはじまる。札幌から函館は、JRの特急で約3時間だ。

毎月のように、彼女が函館にいったり、彼が札幌にきたり……。ときには、バスケをやっている彼が、練習試合で札幌に来たり……。そんな、ちょっと切ない恋が進行していく。二人の約束は、こうだ。いつの日か、あの富良野《ふらの》にいき、ラヴェンダーの咲く丘を一緒に歩こう……。

そこで、タイトルは『いつかラヴェンダーの丘で』という案を考えた。主人公たちの名前や、周囲の登場人物についても、もう考えてあった。明美とのつき合いで、函館の街には詳しくなっている。札幌と同じように、リアリティーをもって描ける自信があった。たとえば、函館では雨が降っていても札幌は雪になっている……というような状況も、自信を持って描けると思う。そんなことを考えているうちに、飛行機は高度を下げはじめていた。

「いいんじゃないか」

と木元さんは言ってくれた。高校生の長距離恋愛物というのは、ちょっと目新しい。札幌と函館というのも、悪くない。函館というのは、札幌以上に絵になる街だからね、と木元さん。そうして、2ヵ月後から新連載がはじまることになった。特に1話目は、巻頭カラーで、ページ数もやや多い。わたしは、引っ越し荷物もほどいていないマンションで、ペンを走らせはじめた。開花している桜を眺める余裕もなく……。

第1話は、なんとか1人で描き上げた。連載がスタートした。読者の評判は、かなりいいらしい。ただし、1人だけで連載をこなしていくのは無理だと実感させられた。もともと、わたしは描くのが遅い。やはり、アシスタントは必要だ。

第3話から、アシスタントが1人、木元さんの紹介できてくれた。第3話から6話までは、アシスタント1人でやった。けれど、それも、追い込みになるときつくなる。第7話からは、追い込みの数日間、もう1人、アシスタントがきてくれることになった。それで、なんとか、連載をこなせるようになった。北海道のローカルカラーを色濃く出したのは正解で、アンケートでは、いつも上位に入っていた。ファンレターというものも、初めてもらった。嬉《うれ》しかった。

わたしは、マンガ家として、好調すぎるほどのスタートを切ったようだ。4、5ヵ月に1回、連載はカラーページではじまるようになっていた。第10話までを収録した単行本第1巻が出た。いわゆる少女マンガらしい純愛物としては、かなりいい売れゆきだという。

連載は、好調に続いていた。10話分がまとまると、単行本になる。単行本の売れゆきは、上昇傾向にあるという。ファンレターの数も、ふえていった。第4巻を出したときは、池袋にある書店でサイン会をやらされた。少し恥ずかしかったけれど、なれない手つきでサインをした。

何もかも、順調にいっているようだった。けれど、いく手には、思いがけないショックが、待ちうけていた。

連載がはじまって、4年半が過ぎた。ストーリーは、そろそろクライマックスをむかえようとしていた。あと3回で、物語はハッピーエンド。この連載は終わる。終わると、単行本が出ることになっていた。このストーリーの最終巻になる。

そんなときのこと。追い込みになっても、アシスタントの1人がこない。なんでも、体調をくずしたという。22歳ぐらいで、丈夫そうな人だったのに。

「どこが具合悪いのかしら」

と、わたしはペンを動かす手を休めてつぶやいた。目の前にいるアシスタント。その表情が、ちょっと変わった。何か言いたそうだった。わたしは、さりげなく、彼女に言った。〈なんか知ってるの？〉と……。

しばらく黙っていた彼女は、やがて口を開いた。言いにくそうだったけど、渋々、話しはじめた。体調をくずしたというのは嘘で、そのアシスタントは、S先生の方に引っぱられ、そっちで仕事をしているという。Sさん……。わたしは、胸の中でつぶやいていた。Sさんは、わたしと同じ雑誌に描いている。たぶん、30歳ぐらい。その雑誌としてはベテランのマンガ家だ。主に、サスペンス調のものを描いている。

Sさんが、わたしのアシスタントを引き抜いた……。それを確かめると、目の前にいる彼女は、うなずいた。もともと、そのアシスタントは、わたしのところにくる前、1年ほどSさんのアシスタントをやっていたという。その人を、Sさんが、自分のところに引き戻した……。ベテランのSさんなら、アシスタントは豊富にかかえているだろう。それなのに、なぜ……。わたしがきくと、目の前にいる彼女は、

「……たぶん、漫画賞のことが理由だと思います」

と言った。漫画賞……。わたしは、また、胸の中でつぶやいていた。わたしが仕事をしている出版社では、毎年、漫画賞を選び、盛大に授賞パーティーを開いている。少年マンガ誌、青年マンガ誌、少女マンガ誌など、ジャンル別に、受賞者が決まる。もちろん、マンガ家にとっては、ぜひともとりたい賞なのだろう。

Sさんは、過去2回、その候補になり、落選している。そして、今年も、候補になりそうなのだという。そして、なんと、わたしも、その候補になる可能性がある、そういう噂が立っていると彼女は言った。

「わたしが、漫画賞の候補に？……」

思わず、きき返していた。賞のことなど、これっぽっちも考えていなかった。もちろん、担当の木元さんから、そんな話はきいていない。目の前にいるアシスタントは、〈噂でしかないんですけど、『いつかラヴェンダーの丘で』は、人気があるし、少女マンガとしては質が高いんで、漫画賞という可能性もあるんじゃって、みんな噂してます〉と言った。そのみんなとは、マンガ家やアシスタントたちのことだろう。

わたしは、木元さんにメールをした。漫画賞の噂について確かめてみた。〈確かに、君が候補になる可能性はある。社内では、これから絞り込んでいくところだけどね。でも、初めての連載で受賞する例は少ないから、あまり意識しない方がいい。ただ、もし候補になったとしたら、作品の質の高さが評価されたと、自信を持っていいと思う〉というメールが返ってきた。

それから1ヵ月後。出版社のマンガ部門の年末パーティーが、都内のホテルで開かれた。大きな会場に、500人ぐらいの人たちが集まっていた。その出版社で仕事をしているマンガ家やアシスタントたちがきていた。年末なので、にぎやかな立食パーティーだった。わたしも、毎年出席している。

パーティーも後半に入った頃だった。ふと見ると、あのSさんが近くにいた。彼女のアシスタント2人ぐらいと、ワイングラス片手にそこにいた。Sさんは、わたしの方に、2、3歩、近づいてくる。だいぶ酔っているらしい。Sさんは、わたしを、きつい目で見た。そして、小さい声だけれど鋭い口調で、

「あんたみたいな、苦労しらずのお嬢ちゃん、だいっ嫌《きら》い」

と言った。くるりと回れ右。少しふらつく足どりで歩き去った。

「Sさんて、言ってみれば苦労人ですからね……」

と彼女は言った。パーティーのあと、ここ2、3年アシスタントをやってくれている彼女とわたしは、イタリアン・レストランにいた。女の場合、立食パーティーで、そうそう食べるわけにいかない。なので、彼女とレストランにきていた。

面と向かって〈だいっ嫌い〉などと言われたのは初めてだった。わたしは、かなりのショックをうけていた。

彼女は、ピザを食べながら説明する。Sさんは、高校を中退してマンガ家をめざした。プロのアシスタントをしながら、コツコツと自分の作品を描く。そうしては、出版社に持ち込む。〈ボツになった原稿が、トラック1台分あるって、本人が冗談で言ってたらしいですよ〉と彼女。

そうしているうちに、Sさんの作品も、なんとか雑誌に載るようになった。けれど、読み切りばかりで、連載の話は、なかなかやってこない。マンガ家をめざして、連載ができるようになるまで、6、7年はかかったという。そうやって、いまの立場まで、いわば〈はい上がってきた〉ということらしい。

そんなSさんにしてみたら、女子大生時代にデビューして、とんとん拍子に連載をもってしまったわたしは、憎《にく》たらしい存在なのかもしれない。〈まあ、一種のねたみですよね〉とアシスタントの彼女。わたしは、うなずいた。ほかにも、わたしに対して、そんな感情を持っている人は、いるのだろうか……。

わたしは、ラザニアを食べながら、彼女にきいた。〈S先生ほどじゃなくても、うらやましく思ってる人はいるかもしれませんね〉という答えが返ってきた。わたしは、内心、やれやれと思った。それ以上、深刻に考えても仕方がない。ラザニアを食べ続けた。

連載が終わった。単行本のための表紙も描き終えた。しばらくは休息。札幌の実家に戻り、約1週間すごした。そのあと、旅行代理店に勤めている明美とハワイにいった。オアフ島は、短大生のときにいったので、マウイ島にいった。静かなリゾートホテルで、1週間ひたすらのんびりと過ごした。

帰ってくると、木元さんから連絡がきた。約半年後、新しいマンガ誌がスタートする。読者層は、女子大生から若いOLあたり。編集部では、ジャンルとして〈ヤングレディース・コミック〉と呼んでいるらしい。その新しいマンガ誌の編集長に、木元さんがなることが決まったという。そこで、わたしに、連載をしてほしい。木元さんは、そう言った。新しい雑誌のメインになる作家の1人として、連載をしてくれないかと言った。

3日ほどして、打ち合わせをした。わたしの持っている叙情性や絵のタッチは、その年代向けのマンガに合っているのではないかと木元さんは言った。わたし自身、十代に向けたものを5年近く描いてきた。そろそろ、もう少し大人っぽいものを描いてみたいと感じていたところだった。新しいマンガ誌に連載する話は、すんなりと決まった。

連載の設定を考えはじめた。自分が女子大生だった頃の体験を、そのまま使うことにした。舞台は札幌。主人公は、歯科医院の娘。市内の短大に通っている。趣味でピアノを弾いている。ボーイフレンドは、普通の大学生。アイスホッケーの選手。オリンピックに出るのが夢……。

そんな二人のラブストーリーだ。物語のベースは、ほとんど自分の体験だ。わたしには、その頃、アイスホッケーをやっていたボーイフレンドがいた。

そんな自分の体験をベースに、ラブストーリーとしての展開をつくっていくことにした。木元さんのオーケイも出た。彼が編集長になったので、わたしには新しく柏原という担当者がついた。30歳ぐらいだろうか。眼鏡をかけ、デリケートそうな表情をしていた。でも、気むずかしくは、なさそうだった。


うーむ、なんかなあ……。

わたしは、胸の中でつぶやいていた。女子大生を主人公にしたストーリー。そのプロットをつくっているところだった。わたしは、シャープペンシルで、ノートを軽く叩《たた》いていた。なんか、いまひとつ、のりが悪い。札幌を舞台にしたラブストーリー。それに集中できていない。

ふと、いま住んでいる場所が、いまひとつなのかもしれないと思った。田園都市線沿いにあるこの場所がよくないのかも……。それは、以前から感じていたところだった。このあたりは、確かに、よく造られた住宅地だった。小ぎれいで明るい。けれど、どこか物たりないものがある。それは、街に陰翳《いんえい》がなさすぎることかもしれない。何もかも、新しく、小ぎれいだ。けれど、時の流れや歴史を感じさせる空気感がない。

札幌には、それがあった。もともと歴史のある街だ。名所になっている時計台はもちろん、歴史を感じさせる建物や並木が、あちこちにある。それが、街に落ち着きを漂わせていた。

もし、東京で、そんな雰囲気を感じさせるところがあるとすれば、どこだろう……。考えていると、2、3日前にテレビで観《み》た番組を思い出した。確か、谷中《やなか》とか千駄木《せんだぎ》をやっていた。心のすみに引っかかっていたのは、気になっていたからだ。明日にでも、いってみよう。

これだったんだ……。わたしの胸は、ふるえた。

翌日。午後1時過ぎ。わたしは、本郷通りに立っていた。午前中は、谷中や千駄木あたりを回ってみた。そして、ぶらぶら歩いていると、広い通りに出た。それが本郷通りだった。東大正門のあたりらしい。通りには、大きなイチョウの並木がある。いまは11月。まっ黄色になったイチョウの葉が、歩道に降り注いでいた。まるで金色の雪のように、静かにゆっくりと降り注ぎ、わたしを包んでいた。

これだ……。わたしの胸に、札幌の記憶がよみがえる。高校の近くにも、短大の中にも、イチョウの樹があった。秋の後半になると、金色をした葉が、雪のように降り注ぐ。それは、近づいてくる冬を感じさせ、人恋しい気持ちにさせたものだった。

わたしは、金色の雪に包まれながら、本郷通りを見渡した。通り沿いにはマンションが多い。けれど、その中に、和菓子屋があり、洋書店があり、蕎麦《そば》屋があり、洋食屋があり、古本屋があった。そこには、札幌に共通した空気が漂っていた。

わたしは、すぐ、近くにあった不動産屋に飛び込んだ。賃貸マンションを探していると、そこのおじさんに言った。頭のハゲたおじさんは、いくつかの部屋をリストアップしてくれた。その中の1部屋が、よさそうだった。2LDK。本郷通りに面している。さっそく見せてもらうことにした。

部屋に向かって歩いていると、おじさんが〈学生さん?〉と、きいた。わたしは、心の中で苦笑。わたしは、25歳になっていた。けど、ポロシャツにカーディガン。チェックのスカート。歩きやすいように茶色のローファー。薄手のコートを手に持っていた。髪は、あい変わらず眉《まゆ》のところで切り揃えてある。学生に見えても仕方ないだろう。

わたしは、〈マンガ家なんです〉と、おじさんに言った。どうせ、部屋を借りるとなったら、職業は書かなければならない。マンガ家ときいて、おじさんは少し驚いている。マンガ家のお客は、初めてなのかもしれない。〈あの、『ちびまる子』みたいな？〉ときいてきた。わたしは苦笑し、〈あ……『ちびまる子』じゃないんですけど〉と言った。目的のマンションに着いた。

部屋はパーフェクトだった。12階建ての5階。まだ、新しいマンションだった。窓からは、黄色いイチョウの樹が見えた。ダイニングキッチン。仕事部屋。そして、自分のベッドルーム。わたしは、その場で部屋の使い方を決めていた。とりあえず、持っていた3万円を手つけ金として払った。

本郷通りの部屋で、新しい連載を描きはじめた。前回は長いタイトルだったので、今回は『雪物語』という短いタイトルにした。連載がスタート。最初から、読者の評判はよかった。自分が過ごした札幌の大学生生活なので、無理なくペンを動かすことができたからだろう。

『雪物語』は、約3年間、連載して終了した。単行本も、この時代にしては、そこそこ売れた。テレビドラマ化の話もきた。けれど、それは実現しなかった。わたしは、29歳になろうとしていた。

〈こういうのを、壁っていうのかなあ……〉わたしは、北海道の明美にメールをした。呑気《のんき》な性格のわたしにしては、ちょっと落ち込んだメールだった。

『雪物語』の連載は終わった。編集長や、担当の柏原からは、すぐに次の連載をはじめてほしいと言われていた。そのためのプロットを出してくれと言われている。ずっと北海道の舞台が続いたんで、そろそろ、ちがうところを舞台にしたものはどうですか？　そう柏原には言われていた。それは、わたし自身も感じていた。

マンガ家としてデビューして約10年。ずっと北海道を舞台にして描いてきた。それが、自分の中でもマンネリ化してきているのは感じていた。〈東京暮らしも、もう10年近くなるわけだから、東京を舞台にしたものも描けるんじゃない？〉と、編集長にも言われた。

そこで、新しいプロットづくりに挑戦してみることにした。北海道が舞台でなく、女子大生が主人公でもない、そんなプロットを考えはじめた。

けれど、はじめてみると、大変だった。これまでは、自分の実体験をベースに、物語をつくってきた。けれど、学生時代の実体験からはなれてストーリーづくりをしようとすると、とても難しいことがわかった。自分が、いかに世間知らずかということを思い知らされた。それでも、なんとか、挑戦してみた。

最初に考えたのが、音大生を主人公にしたストーリーだった。自分がピアノを弾いていたので、ある程度、描きやすいと思えた。けれど、音大生を主人公にしたマンガは、ビッグヒットした作品が、すでにあった。ドラマ化、映画化されたヒット作だ。

これは、ボツ。

2回目に考えたのは、女子サッカーをモチーフにしたものだった。なでしこジャパンがブームになっていた。代表選手の澤穂希《さわほまれ》は、数々のテレビCMに出演している。

そこで、体育大の女子サッカー部を舞台にした物語のプロットを考えてみた。担当者の柏原からは、女子サッカーの試合をおさめたDVDが、資料として山ほど送られてきた。

わたしは、それを観ていく。試合そのものは、面白かった。けれど、その女子サッカー選手を主人公にしたラブストーリーを組み立てるとなると、難しいことがわかった。女子選手の練習風景や生活そのものが、まったくイメージできないからだ。そこで、これは自分でボツにした。

そして、3回目に考えたのが、FM局を舞台にしたもの。女性パーソナリティーとディレクターとの恋……。確かに、ありがちなストーリーだ。柏原の手紙にあったように、すでにマンガ化されていても、なんの不思議もない。

3回目のプロットも、ボツ。わたしは、ひとりぼっちで闘っていた。

少女マンガ家というと、あるイメージを持たれることがある。年下のアシスタントたちと一緒に、女子校の部活のように、にぎやかにやっているというイメージだ。それは完全なまちがいではない。でも、アシスタントたちと、にぎやかにやるのは、マンガ制作の後半。その前に、プロットを考え、マンガのコマ割り（普通、〈ネーム原稿〉と呼ばれている）をつくるまでは、自分1人でやらなければならない。孤独とし か言いようのない作業だ。

わたしは、お財布だけ持って、夜の本郷通りを歩いていく。3、4分で、一軒の洋食屋に着いた。〈洋食おかの〉という店だ。古ぼけてはいないけれど、長い年月、営業していることが感じられた。床は木で、テーブルには、ギンガムチェックのテーブルクロスがかけられている。わたしは、ここへ通いはじめてもう3年以上になる。この店は、かなり年配の夫婦でやっているようだ。おかみさんは、いつもニコニコしている。めったに顔を見せないオヤジさんは、どっちかといえば、ぶ愛想《あいそう》な感じだった。けれど、コックとしての腕はいい。わたしは、おかみさんに、オムライスをたのんだ。やがて、いい匂いがお店の中に漂いはじめた。しばらくして、おかみさんが、オムライスのお皿を運んできてくれた。

たとえ、ひとりっきりの夕飯でも、こういう店でなら、それほど淋《さび》しくはない。わたしが最後のお客だったのか、オヤジさんが厨房《ちゅうぼう》から出てきた。店の片すみにあるテレビをながめ、〈また巨人は連敗かよ〉と言った。わたしは静かにオムライスを食べている。

そして、わたしの苦闘は、さらに本格化していく。

深夜まで、ひとり仕事部屋でプロットを考える。テレビ業界が舞台のもの……。飛行機のCA、つまり客室乗務員が主人公のもの……。警視庁の女性捜査官が主人公のもの、などなど……。どれもダメだ。ストーリーの設定として、ありきたり。これまでも、マンガやテレビドラマになっているものばかりだ。新鮮さがまるでない。しかも、わたしの人生とは、かけはなれたものばかりだ。

ここへきて、わたしは実感していた。まず、わたし自身が、これまでの29年間で経験してきたことの乏《とぼ》しさ。マンガ好きの少女が、高校生になり、大学生になり、そのまま、運よくマンガの描き手になれた。マンガ家になれてからも、ごく狭い世界でしか生きてこなかった。そのことを、痛いほど実感させられていた。

あのSさんに言われたこと、〈あんたみたいな、苦労しらずのお嬢ちゃん〉。その言葉が、心に突き刺さっていた。ねたみから出たと思えるあの言葉は、ある意味、核心をついていたのかもしれない。

わたしの心に、一種の恐怖感がめばえていた。もし、このまま、作品になりそうなプロットを考えつかなかったら、どうなるのだろう……。当然、マンガの世界では忘れられた存在になり、消えていくのかもしれない。そんな恐怖感が、しだいに心にひろがりはじめていた。

深夜までプロットを考え、ベッドに入っても、寝つけない日が多くなった。たとえ眠れても、悪い夢をみて、ぱっと起き上がる。パジャマが、びっしょりと汗で濡《ぬ》れている。食欲も落ちていった。しかも、面倒なので、インスタント食品を口にすることが多くなった。体重は減っていく。肌も、あきらかに荒れてきはじめた。目の下に、うっすらとした隈《くま》ができていた。

一度、北海道に帰ろうかとも思った。けれど、こんな状態で実家に帰ったら、両親を心配させるだけだろう。そう考え、北海道いきは、やめにした。仕事机に、かじりついた。

やがて、まっ白いノートのページを見ていると、手が汗ばんでくるようになった。持ったシャープペンシルの先が震える……。そして、眠れない日が続いた。わたしは、思い切って、東大病院の心療内科にいった。医師に、症状を話した。医師は、とりあえず眠れるようにしましょうと言った。入眠剤を処方してくれた。

最初に処方してくれた入眠剤は、弱かったのか、やはり眠れない。1週間後、また心療内科にいった。つぎにもらった薬は、きくようだった。なんとか眠れるようになった。けれど、今度は、なかなか起きられなくなった。起きても、だるさが残っている。何も考えられず、昼間からベッドで寝ていた。あきらかに、精神的におかしくなっていた。けれど、かんじんのプロットは、まったく考えつかない……。

しまったと思ったときは、もう遅かった。風邪をひいてしまったのが、わかった。梅雨《つゆ》どきらしい、じめじめと暑い日だった。わたしは、ベッドルームのエアコンをつけていた。除湿にするつもりだったのが、まちがえて冷房になっていた。もちろん、眠る寸前にエアコンは切るつもりでいた。けれど、プロットづくりの疲れが出たのか、そのまま眠ってしまった。

起きると、ノドがカラカラに渇いている。あわてて、うがいをした。温めた牛乳を飲んだ。しばらく、様子を見ることにした。

けれど、午後になると、風邪は、どんどん悪化していくのがわかった。ノドが痛くなってきた。あきらかに熱があるのがわかる。全身がだるくなっていた。医者にいかなければと思った。けれど、きょうは土曜。いきつけの医者は休みだ。

チャイムが鳴ったのは、午後5時過ぎだった。わたしは、やっとのことで、ベッドから起き上がった。オートロックの画面に、宅配便の彼が映っていた。わたしは〈どうぞ〉と言おうとした。けど、声が、かすれている。ほとんど声が出ていない。とりあえず、解錠のボタンを押した。よろつきながら、玄関にいく。きょうは、通販会社に注文しておいた夏物のパジャマやシーツなどが届くはず。そのことを思い出した。たぶん、荷物はそこそこ大きいだろう。わたしは、ドアのチェーンをはずす。ドアを開けた。やがて、足音がきこえた。ダンボール箱をかかえて、彼がやってくる。わたしは、半分開けたドアにもたれるようにして立っていた。

彼から、荷物をうけとった。その瞬間、めまいがした。体の力が抜ける。前のめりに、倒れそうになった。あわてて、彼が、わたしの体をささえてくれた。そうしてくれなければ、わたしは廊下に倒れていただろう。わたしは、廊下に両膝《ひざ》をついていた。片手も廊下につき、

「風邪で……」

と言った。言ったけれど、ほとんど声にならないほど、かすれている。〈熱がある

んですか?〉彼がきいた。わたしは、うなずいた。〈薬は飲んだんですか?〉と彼。わたしは、答えようとした。けど、声が出ない。ただゼイゼイというだけ……。わたしは、彼が胸ポケットにさしているボールペンを指さした。彼が、ボールペンを渡してくれる。わたしは、通販の商品が入っているダンボールの箱に、〈カゼ薬を切らしていて〉と書いた。

彼が、うなずいた。〈あとで買ってきてあげますよ〉と言った。わたしは、ぼうっとした頭で考えた。いくらなんでも、宅配便の人に薬を買ってきてもらうのは……。そう思った。同時に、新聞記事が頭に浮かぶ。〈女性マンガ家、肺炎で孤独死〉という見出しが浮かぶ。わたしは、またダンボール箱に、〈じゃおねがいします〉と書いた。彼の助けをかりて、部屋に入った。

チャイムが鳴った。ベッドでうつらうつらしていたわたしは、目を開く。時計を見た。7時少し前だった。オートロックの画面には、彼が映っていた。わたしは解錠ボタンを押した。ふらつく足どりで、玄関に……。ドアを開けると、彼が立っていた。

「これ」

と言って、ビニール袋をさし出した。わたしは、頭を下げ、それをうけとった。そこで気づいた。お金を払わなくちゃ……。それをさっしたように、

「お金はつぎでいいですよ。また明日、よります」

と言ってくれた。そして、〈じゃ〉と言うとエレベーターの方に走り去った。わたしは、ダイニングキッチンに。彼が渡してくれたビニール袋の中を見た。風邪薬、そして紙パックのリンゴジュースが入っていた。涙が出るほど嬉《うれ》しかった。ちょうど、ジュース類も切らしていた。わたしは、風邪薬を水で飲む。そして、彼が買ってきてくれたリンゴジュースを飲んだ。また、ベッドに倒れ込んだ。


目を覚ますと、午前10時頃だった。汗をかき、熱はだいぶ下がっているようだった。まだ、体はだるい。歩くと、まだ、ふらつく。ダイニングキッチンにいく。冷蔵庫から、リンゴジュースを出し、飲んだ。悪いことに、こういうとき口に入れられるようなものが、冷蔵庫にはない。わたしの人生で、こういうことは多かった。中学生時代、口の悪い友達から〈雅子の「ま」は、「とんま」の「ま」〉などと言われたこともある。

11時頃、チャイムが鳴った。彼だった。部屋の玄関まできて、

「具合はどうですか」

ときいてくれた。わたしは、かすれた声で話した。おかげで熱はだいぶ下がったけれど、まだ、だるいと……。〈何か食べやすいものを買ってきましょうか?〉と彼。わたしは、彼にたのんだ。果物ゼリーのようなもの。そして、ジュースをもう1《ワン》パック……。

それからの3日間。彼が買ってきてくれるもので、わたしは生きのびていた。やがて、平熱に戻った。声も、かなり出るようになった。トーストや茹《ゆ》で玉子なども食べられるようになった。わたしは彼にお礼を言い、それまで買ってきてもらったもののお金を払った。そして、風邪が完治したら、何かお礼をさせてほしいと言った。遠慮している彼から、携帯電話の番号をきき出した。彼の名前が、野村大介《だいすけ》だということも……。

「へえ……マンガ家さんだったんだ……」

彼は、並んで歩きながら言った。風邪が完治した10日後。彼の仕事が休みの日。わたしは、彼に夕食をおごることにした。とりあえず気楽な店ということで、〈洋食おかの〉にいくことにした。わたしのマンションまできてもらい、わたしと大介は、店に向かって歩きはじめた。彼は、半袖《はんそで》のポロシャツを着て、ストレートジーンズをはいていた。店に歩きながら、〈へえ……マンガ家さんだったんだ……〉と言った。

「なんか、そういう仕事じゃないかとは思ってたけど……」

と大介。出版社の封筒が、しょっちゅう宅配便でわたしのところにくる。たいていの人が知っている大手出版社だ。〈だから、作家とか、イラストを描く人とか、そういう仕事かもしれないとは思ってたんだけど……〉と大介。〈洋食おかの〉が近づいてきた。

店は、ガランとしていた。東大の学生や、大学関係者の姿はない。大学は、もう夏休みに入ったのかもしれない。わたしたちは、すみの席についた。まず、ビール。大介はハンバーグとライス。わたしはロールキャベツをたのんだ。風邪の完治に、ビールで乾杯した。

「ねえ……ひとつきいていい？」

わたしはフォークを手にして言った。ハンバーグについているポテトサラダを食べていた大介が、顔を上げた。わたしは、話しはじめた。5階にあるわたしの部屋まで、エレベーターを使わず駆け上がってくる宅配便の人は、彼だけだ。その理由を、きかせてほしい。もしよければだけれど……。わたしは、そう言った。彼は、3、4秒無言……。

「たいした理由じゃないよ。スポーツをやってるから」

あっさりとした口調で、大介は言った。ビールでノドを湿らす。ゆっくりとした口調で、話しはじめた。

彼は、子供の頃から野球少年だったという。小学生の頃は、リトルリーグ。中学、高校は、もちろん野球部。神奈川県にある高校の野球部では、キャプテンもつとめた。夏の甲子園に出場したこともあるという。

大学は立教大学。六大学野球でも、主力戦手としてグラウンドに立っていた。彼のポジションは、外野手。得意なのはバッティングだという。大学3年のときは4番バッターだった。ごく自然に、プロ野球に進むことになった。ドラフト会議の結果、中日ドラゴンズへの入団が決まったという。〈第1位指名じゃなかったけどね〉と彼。

ちょっと照れた表情で言った。

とにかく、プロ野球の選手になることができた。といっても、最初からスタメンというわけにはいかない。はじめのシーズンは、ピンチヒッターとして打席に立った。その年の打率は、3割5分だったという。打率が3割をこえていたら、バッターとしてはかなり優秀、それは女のわたしにもわかった。

2シーズン目になると、出番はさらにふえていったという。ときには、2番打者として起用されることもあった。バッターとして、順調に実績をかさねていったという。3シーズン目になると、スタメンで起用されることもふえてきた……。

「ところが、人生、うまくいかないものでさ……」

つぶやくように、彼は言った。わたしは、新しいビールをたのみ、彼のグラスに注いだ。彼は、〈どうも〉と言いグラスに口をつけた。また、静かな口調で話しはじめた。

彼の選手生活が6年目に入った年。9月におこなわれた試合。バッターボックスに入った彼は、デッドボールをうけた。相手が速球投手だったので、よけきれなかった。ボールは、彼の左腕に当たった。にぶい痛みが走った。彼はそのまま病院へ。検査すると左腕の骨にヒビが入っているのがわかった。

そのシーズンは、欠場したまま終わった。腕の治療をしながら、つぎのシーズンをむかえた。春先から、軽いバッティング練習をはじめた。もちろん、走り込みなどのトレーニングは続けていた。

そして、ケガから1年後の9月。ひさびさにバッターボックスに入った。ところが、調子が戻らない。1年間休んだせいで、バッターとしての勘《かん》がおとろえてしまったらしい。それが、なかなか戻らないという。そのシーズンは、代打で8回、バッターボックスに立った。が、ノーヒット。

その翌シーズンには、今年こそはと復帰の思いを込めてのぞんだ。けれど、彼はすでに二軍選手になっていた。バッターとしての勘は、戻りはじめていると自分では感じていた。が、彼はもう30歳になろうとしていた。彼が休んでいる間に、チームでは、ちょうど若手が育ってきていた。

「早い話、チームの中でおれの出番はもうなくなっていたよ」

彼は言った。チームから〈戦力外通告〉をされる前に、彼は自分から退団した。そして、住んでいた名古屋をはなれたという。

わたしは、うなずきながら、彼の話をきいていた。ひとつ、気になっていることがあった。それをきこうかどうか……しばらく迷っていた。けれど、思いきって、きいてみることにした。

「あの……結婚は……」

と口に出した。彼は、飲んでいたグラスのビールを飲み干した。

「ああ、してたよ」

サラリと、過去形で言った。よどみなく話しはじめた。ドラゴンズに入って4年目、彼が26歳のときに結婚したという。相手は、名古屋の人。手広くガソリンスタンドを経営している社長の娘だった。中日ドラゴンズの選手といえば、あっちでは人気者だからね、と彼は苦笑まじりに言った。

結婚して、男の子が生まれた。けれど、彼はケガを負ってしまう。治療、リハビリ……。それでも、なかなか、選手としてカムバックするのが難しい。そうしているうちに、夫婦の間にケンカが多くなった。お互いの関係が、さめていくのが感じられたという。結婚したとき、彼は野球選手として昇《のぼ》り調子だった。けれど、ケガからあとは、出番のあまりない控《ひか》え選手。たまに試合に出ても、ノーヒット。へたをすると三振。さらに、二軍落ち……。そんな彼に、当時の妻は失望したのだろうと彼は言った。

「まあ、もともとドライな性格だからね」

微苦笑しながら、彼は言った。話し合いで離婚は成立。彼の妻は、子供を連れて、実家に戻っていった。彼が、ちょうど30歳のとき。いまから1年半前のことだという。

そんないきさつを、彼があえてサラリと話しているのは、わたしにも感じられた。

名古屋での生活をたたんだ彼は、東京にやってきた。本郷のすぐとなり、春日《かすが》に部屋を借りたという。それが、約1年前のことだと言った。


「ひとつ、きいていい?」

わたしは言った。彼が、うなずいた。わたしたちは、ハンバーグやロールキャベツを食べ終え、コーヒーを飲んでいた。わたしは、彼にきいた。広い東京で、どうして文京区春日をえらんだのか……。彼は迷いもせず、

「東京ドームがそばにあるから。しょっちゅう野球のゲームを観にいけるじゃないか」

と言った。なるほど……。春日から、後楽園の東京ドームは、すぐ近くだ。もちろ

ん、わたしの部屋からも……。東京ドームでは、巨人戦を中心にプロ野球の試合がおこなわれている。そこまで考えたとき、わたしの中に、ある疑問がわき上がった。これは、彼にきくのに、かなり勇気のいる質問だった。コーヒーカップを前に、しばらく考え、わたしは口を開いた。彼はいま、現役の野球選手ではない。そんな彼にとって、プロ野球の試合を観ることは辛《つら》くないのか……。そのことを、わたしは少し口ごもりながらきいた。彼は白い歯を見せ、

「別に、辛くはないよ。おれはいま浪人中だけど、野球選手をやめたわけじゃないから」

と言った。そして、この秋に、球団の入団テストをうけると言った。入団テスト……。わたしは、意外な言葉に、とまどっていた。

彼は説明する。中日ドラゴンズの選手だった頃、コーチをやっていた人が、いまは西武ライオンズでコーチをやっている。その人は、大介がドラゴンズにいた頃から、彼のバッターとしての資質を高く評価してくれていた。彼がドラゴンズを退団する決意をしたときも、引きとめたという。その人の口ききがあって、プロ野球のシーズンが終わった秋の終わり、特別に西武ライオンズの入団テストをうけられることになっ

たという。

「カムバック……」

わたしは、つぶやいた。彼は、うなずいた。そして、説明する。消耗の激しいピッチャーより、バッターの方が、選手生命が長い場合が多いという。四十代でも現役でやっている選手はいるらしい。

「これから入団して、レギュラーのポジションをとるのは難しいだろう。けど、指名打者としてなら、やれるかもしれない」

と彼。パ・リーグに属する西武ライオンズでは、指名打者というシステムがある。それは、攻撃のとき、あまり戦力にならないピッチャーにかわって、指名された打者がバッターボックスに入るシステムだという。日本では、パ・リーグだけで採用されているらしい。中日ドラゴンズはセ・リーグなので、指名打者のシステムはなかった。だが、西武ライオンズなら……。

そこまで話をきいて、わたしは思わず、〈あっ……〉と胸の中でつぶやいていた。

「じゃ、マンションの5階まで駆け上がってくるのは、そのために……」

と口に出した。彼は、うなずいた。中日ドラゴンズを離れたときも、自分に〈引退宣言〉を出すつもりはなかった。だから、ドラゴンズをやめた翌週、すでにランニングをはじめていたという。5階にあるわたしの部屋まで駆け上がってくるのも、そのため。

「足腰は、スポーツの基本だからね」

と彼。マンションの7階までなら、荷物が大きくない限り、走って上がるという。さらに、休日には、高校の野球部でコーチをしているという。プレイの勘が、おとろえないように……。

夜の11時過ぎ。わたしは、仕事机についていた。大介とは、〈洋食おかの〉の前で別れた。そのまま、部屋に帰ってきた。そして、ひとり、仕事机に向かっていた。

もう、2時間ほど考えていた。さっき、彼からきいた話は、意外の連続だった。こんな人生もあるんだと、あらためて思った。そう思っているうちに、ある考えが頭の中に浮かんだ。それは、彼、大介のことを作品化できないかということだった。正確に言うと、ヒントにできないかということだ。

マンションの5階まで、駆け上がってくる宅配便の人。その人は、スポーツマンで、トレーニングもかねて、マンションの階段を駆け上がってくる。そして、5階に住んでいる誰かとの間に、恋がめばえはじめて……そんなストーリーはどうだろう。

こんなことを考えるのは、自分自身が、大介のことを男として意識しているからだ。それは、自覚していた。マンガ家になってから、初めて出会った、骨のある男性だった。

寝るのも忘れて、わたしは、ストーリーの設定を考えはじめていた。物語を新鮮なものにするために、男女を逆にしたらどうだろう。宅配便の人を女性にする。そして、5階の住人を男性にする。その方が面白そうだ。実際、宅配便の仕事をやっている女性とは、ときどき出会っていた。

3日がかりで、プロットはできた。

宅配便の仕事をやっているのは、22歳の女性。ソフトボールの選手で、トレーニングをかねて、マンションの階段を駆け上がってくる。マンションの5階に住んでいる男は、小説家の卵。24歳。文学雑誌の新人賞をとったものの、つぎの作品が書けずに悩んでいる。ボツになった原稿は、宅配便で送り返されてくる。そうこうしているうちに、二人は親しくなっていく……。サバサバして活動的な女性主人公。どちらかといえば内向的な男性主人公だけど、そんな彼女と知り合い、つき合っていくうちに、しだいに男らしく成長していき……。そんなプロットだった。

わたしは、それをメールで担当の柏原に送った。翌日、電話がきた。〈いいですね。これ、いきましょう〉と言った。わたしの方は、〈じゃ、取材をはじめるわね〉と答えた。

「取材？」

さすがに少し驚いた表情で、大介はきき返した。彼の休日。また〈洋食おかの〉で夕食デートをしていた。そこで、わたしは切り出した。つくったプロットを彼に見せ、くわしく説明をした。とりあえず、彼の仕事の現場を取材させてほしいと……。しばらくして、彼は、うなずいた。〈まあ、役に立てるなら〉と言ってくれた。

2日後。午前7時半。わたしは、小型カメラを持って、宅配便の本郷営業所にいった。宅配の車が何台も並んでいる。すでに、きょう配達する荷物の仕分けがはじまっていた。

8時ジャスト。簡単な朝礼。そして、ラジオ体操をやる。その様子を、わたしはカメラで撮っていた。大介が、営業所長の許可をとっていてくれた。

荷物の積み込みがはじまる。わたしは、大介の車をのぞき込む。宅配便の車の荷台は、上手に荷物を出し入れするため、特別なつくりになっていた。それも、カメラで撮る。こういうディテールの正確さが、マンガを描く場合には大切だ。

わたしは、一度、部屋に戻った。お昼少し前、彼がやってきた。わたしはジーンズスタイルで、彼の車の助手席に乗り込んだ。これは、営業所長にも内緒だという。

その午後。彼の車で、本郷一帯を走り回った。宅配便のドライバーは、運転したまま電話で話せるようになっていた。その仕組みも、わたしは写真に撮った。実際、〈不在配達〉の伝票をうけとったお客からの電話が、しょっちゅう入る。営業所から再配達の電話も入る。運転している間も、かなり忙しいことがわかった。

野球の取材もした。

今回、女性主人公はソフトボールの選手という設定にした。けれど、わたしにはソフトボールの知識がない。そこで、大介に相談した。彼が神奈川の高校にいた頃、野球部の監督をやっていた人が、いま杉並区にある高校で、野球部の監督をやっている。大介は、その監督によばれて、月に1、2回、コーチにいっているという。自分自身のためにも……。

大介によると、ソフトボールも基本の部分は野球と同じだから、練習メニューなども野球のつもりで描けばいいんじゃないかという。そこで、わたしは、カメラを持って、取材にいった。

夏休みなので、練習は、午前9時からはじまった。まず、ストレッチ。ランニング。そして、キャッチボール。それから、守備と打撃の練習がはじまった。大介は、トレーニングウェアを身につけ、コーチをしている。外野手には、フライをとって送球するやり方。そして、バッターには、打ち方にかかわるさまざまなことを教えている。この前までプロ野球の選手だった大介が教えるので、高校生の選手たちは、真剣な表情できいている。午後になり、試合形式の練習がはじまった。はじまって1時間。1人のピッチャーがマウンドに立った。ほかの選手たちより、体が大きい。投げる球も速かった。バッターを、つぎつぎと三振や内野ゴロにうちとっていく。この高校のエ

ースなんだろう。やがて、年配の監督が、

「大介、打ってみろ」

と言った。大介は、うなずく。選手が使っているバットの1本を手にした。2、3回、素振り。バッターボックスに入った。ピッチャーは、緊張した表情。1球目は、ホームベースの前でワンバウンドした。2球目は、とんでもなく高い。キャッチャーが立ち上がってもとれない。上級生らしい選手たちからヤジがとぶ。

3球目、ピッチャーは慎重に投げた。大介が軽くバットを振った。きいたこともないような鋭い音。ボールは、空に突き刺さるように、ぐんぐんのびていく。センターの選手が、あわててバック。けれど、打球はフェンスをこえ、その先にある木立ちのかなたに消えていった。

その夜。初めて大介をわたしの部屋によんだ。パスタをつくり、白ワインを飲んだ。二人とも、そこそこ酔った。けれど、彼は紳士だった。帰りぎわ、ドアのところで軽くキス。そして、スポーツマンらしく爽《さわ》やかに、

「ごちそうさま」

と言った。

わたしは、ネームづくりの作業をやっていた。ひとり、仕事机に向かう……。その孤独感が、いまはやわらいでいた。心の中に大介のことがあった。野球選手としての故障。退団。離婚。子供との別れ。ひとり東京にきて、働きながら入団テストのチャンスを待っている……。そんな大介の孤独感を考えたら、わたしの孤独など、ちっぽけなものだと思えた。深夜の仕事場。シャープペンシルを走らせる音だけがしていた。

「面白い」

と編集長。担当の柏原も、となりで大きくうなずいている。わたしたちは、ネームの打ち合わせをしていた。わたしがつけた連載のタイトルは、こうだ。

『宅配便で届く恋』

そのタイトルも、ネームも、好評だった。編集長は、10月に発売する号から、連載をはじめようと言った。巻頭カラーではじまる。1回目は、ページ数も多く……。柏原とわたしは、細かいスケジュールの打ち合わせをはじめた。

本郷通りに、秋風が吹きはじめていた。陽射しが、透明感をましていた。わたしの連載が載った号は、書店やコンビニに並んだ。1週間後、柏原から〈好評です〉という連絡が入った。〈芹沢さん、なんかひと皮むけたねって編集長も言ってましたよ〉と、つけ加えた。すべて、大介のおかげだった。その夜、わたしの部屋で乾杯をした。やがて、短いキス。そして、長いキス……。わたしは、彼と最後までいってもいいと思っていた。けれど、彼は唇をはなした。

「おれが入団テストに合格したら、そしたら……」

と言った。わたしは、うなずいた。彼の、厚い胸に頬を押しつけた。

11月の末。彼の入団テストの初日は、快晴だった。

入団テストは、2日間。西武池袋線の所沢《ところざわ》にあるライオンズの練習グラウンドでおこなわれるという。1日目は、基礎体力のテスト。ランニングの速さ、遠投力などのテストらしい。そして、2日目。いよいよバットを握ってのテストになるという。

〈問題は、1日目だな。基礎体力のテストに通って、2日目までいけば、可能性は高い〉と大介は言っていた。

その日、わたしは朝からなんとなく落ち着かなかった。連載のネームをつくりながらも、いま入団テストをうけている彼のことが気になっていた。

午後3時。お財布を持って、部屋を出た。所沢でのテスト1日目が終われば、彼が帰ってくる。そんな彼のために、何か、おいしいものをつくろうと思った。お店に向かって、本郷通りを歩いていく。

ふと、洋書店の前で立ち止まった。そのガラスに映っている自分の姿を見た。紺のダッフルコート。細かいチェックのスカート。外見は、あい変わらず、女子大生のようだ。けれど、中身はどうだろう……。大介と知り合い、彼の人生にふれたことで、何かが変わったような気がする。ごくシンプルに言ってしまえば、人間として成長したということだろうか……。そんなことを考えていると、ポケットで着信音。ダッフルコートのポケットから、携帯をとり出した。大介からだった。通話のキーを押した。

「あ、おれ」

「どうだった？」

「とりあえず、1日目は合格。くわしい話は、あとで」

それだけ言って、彼は電話を切った。わたしは、ふーっと深呼吸をした。携帯をポケットにしまう。今夜は、彼のために、温かいビーフシチューをつくろうと思った。ちょっと高級な赤ワインを入れたビーフシチュー……。

また歩きはじめようとした。そのとき、風が吹いた。ゆるい風が、通りを吹き渡った。とたん、イチョウの葉が、降り注いできた。金色の葉が、雪のように、わたしに降り注いできた。晩秋の透明な陽射しをうけ、イチョウの葉は輝きながら落ちてくる。

わたしは顔を上げ、いつまでも、立ち止まったまま、イチョウの樹を見上げていた。降り注ぐ金色の葉が、涙でぼやけはじめていた。

あの日、二人で虹を見た

「全然、魚が釣れないじゃないか、船長《キャプテン》」

と太った白人の釣り客。短くなった葉巻を指にはさんで言った。船のデッキから、上のフライ・ブリッジで舵《かじ》を握っているわたしに言った。デッキハンド、つまり乗り組員のテッドは、きこえないふりをしている。

わたしが操船している42フィートの〈SEAGULL《シーガル》〉は、ホノルルの沖、6海里《マイル》にいた。4本のルアーを後ろに曳《ひ》いて、自転車ぐらいのゆっくりとしたスピードで走っていた。

きょう乗せている釣り客は、白人のおっさんが2人。2人とも見るからに観光客。トローリングの経験はないという。午前8時から午後2時までの〈6時間チャーター〉だった。乗せているのが釣りの素人《しろうと》なので、わたしは小型のルアーを選び、流していた。かかるのは、なんでもいい。とにかく、何か釣れればいいだろう。けれど、ルアーを流しはじめて4時間。まったく、何もかからない。ノー・ヒット。つねに葉巻をくわえているおっさんは、イライラしはじめている。船室《キャビン》で昼寝をしていたおっさんが、後ろのデッキに出てきた。葉巻のおっさんに、

「だから、若い女がキャプテンをやってる船なんて、やめておこうって言ったじゃないか」

と言った。その話し声は、舵を握っているわたしにもきこえた。きこえても、かまわない、そんなつもりで話しているようだった。トローリングとは、こういうものだ。そう言おうかと思った。けど、言っても、あまり意味がないだろう。

ジャーッとリールが鳴った。午後1時だった。おっさんが、葉巻を海に放った。ファイティングチェアーに、どかっと座った。デッキハンドのテッドが、魚のかかった釣り竿《ロッド》をおっさんに渡した。わたしには、何がかかったか、わかっていた。リールが鳴った直後、80センチぐらいのマヒマヒ（シイラ）が、海面で跳《と》んだのが見えていた。そのたいしたサイズじゃない。それでも、わたしは船のスピードを落とさなかった。その

せいで、釣り糸《ライン》はどんどん出ていく。リールが鳴り続ける。

「大物だぞ！」

と葉巻のおっさんが叫んだ。テッドが、ほかのルアーを船に上げたのを確認して、わたしは船のスピードを落とした。ラインが出ていく勢いが弱まっていき、やがて、リールの音も止まった。

「ファイト、がんばって！」

わたしは、ちょっと大げさに叫んだ。葉巻のおっさんは、真剣な表情でリールを巻いている。

もし、プライベートで釣りをしていて、このサイズのマヒマヒがヒットしたら、ものの2、3分で釣り上げてしまうだろう。けど、いまは、お客に楽しませるための釣りだ。わたしは、デッドスロー、つまり微速で船を前進させていた。そのせいで、釣り客にとって魚は重く感じられているはずだ。おっさんは、必死な表情でリールを巻いている。もう1人のおっさんも、真剣な表情で、やりとりを見ている。

やがて、魚が寄ってきた。マヒマヒの背ビレ、金色の魚体が見えた。テッドが、ルアーについている7メートルの太いリーダーをつかんだ。マヒマヒを引き寄せてくる。

船べりをこえて、マヒマヒを抜き上げた。デッキに上がったマヒマヒは、バタバタと暴《あば》れている。ちょうど80センチ。このサイズの魚でも、初体験の人にとっては大物だろう。おっさん2人は、何やら叫んで握手をしている。

午後2時。ハーバーに戻った。おっさん2人は、上機嫌《じょうきげん》だった。100ドルのチップをくれた。おっさんたちが帰っていったあとの船上。テッドは、使ったルアーやロッドを洗って片づけた。わたしは、チップの半分、50ドルを彼に渡した。テッドは、うなずく。〈じゃ〉と言い、帰っていった。彼にとって、トローリングのデッキハンドは、単なる仕事。それ以上のものではない。

テッドが帰っていった15分後。わたしは、また船のエンジンをかけた。気になることがあった。右舷《うげん》エンジンの回転が、少し不安定だった気がする。わたしは、船の舫《もや》いをといた。再び、ハーバーの水路を抜けていく。ハーバーから外海に出た。ゆっくりと、エンジンの回転を上げていく。再び、ホノルルの沖へ……。

20分ほど、エンジンの回転を上げたまま走ってみた。右舷エンジンの回転は、安定していた。さっきは、燃料を送るパイプに何かちょっとした問題があったようだ。けれど、それは一時的なことで、もう解決したらしい。わたしは、船首をハーバーに向けた。

おや……と思った。

ハーバーに入る200メートルほど手前だった。海面に何か浮いていた。このあたりは、わりといい波が立つところだ。ハーバーに船が出入港する、その航路のすぐ近くには、きょうも、そこそこの波が立っている。ローカルのサーファーやボディボーダーたちの姿が見える。

わたしは、彼らの姿をちらりと見て、そのままハーバーの出入港口に船を向けた。そのとき、前方に何か浮いているものを見つけた。最初は何か大きめのゴミかなと思った。けれど、それは人間のようだった。

わたしは、船のスロットル・レバーを引いた。スピードを落とす。ゆっくりと近づいていった。やはり、人間だった。サーフィン用のラッシュガードを身につけた上半身。うつ伏せになって、水に浮いている。溺《おぼ》れたサーファーだろうか……。わたしは、さらに、近寄っていった。

どうやら、浮いているボディボードの上に、うつ伏せになっているらしい。わたしは、船を、ゆっくりと近づけていく……。あと4メートル……3メートル……。浮いているのが男だとは、わかった。

生きているのか、死んでいるのかも、わからない。わたしは、声をかけてみようかと思った。そのとき、彼が顔を上げた。近づいてくる船のエンジン音に気づいたのか、こっちを向いた。

「大丈夫？」

わたしは、声をかけた。けど、どうやら大丈夫ではないようだ。顔にケガをしているらしい。血が出ている。返事もしない。わたしは、慎重に船を近づけた。船のプロペラで人間を傷つけないように……。浮いている彼のわきで、船を止めた。後部デッキ《アフト》におりる。舫いロープを、すぐ近くの彼にさし出した。〈これにつかまって〉と言った。

海面の人間を船に上げるのは、想像以上に大変なものだ。そのときも、15分ぐらいかけて、彼とボディボードをデッキに上げることができた。

彼は、まだ若い白人だった。十代だろう。鼻血を流している。唇の端も切れて血がにじんでいる。かなり体力を消耗しているようだ。船べりにぐったりともたれかかっている。事情をきくのはあとだ。わたしは、ハーバーの出入港口に船を向けた。

船を舫う。キャビンから、救急箱を持ってくる。その箱を、彼のわきに置いた。中には、止血剤、消毒剤、包帯などが入っている。わたしは新しいタオルも彼に渡した。

「そのぐらいの傷なら、自分で手当てできるでしょう」

と言った。彼は、うなずく。とりあえず止血剤を手にした。わたしは、船を洗いはじめた。

船を洗い終わる頃には、彼自身の手当ても終わっていた。鼻血は止まっている。唇の端にも止血剤を塗り終えていた。わたしは、缶コーヒーをさし出し、〈飲む?〉ときいた。彼は、〈ありがとう〉と言い、それをうけとった。ひと口飲む。フーと息を吐いた。わたしは、〈ヒロミ〉と自分の名前を言った。クーラーボックスから、BUD《バド》ライトを出した。

彼は、コーヒーをゆっくり飲みながら〈クリス〉と自分の名前を言った。背は、そこそこ高い。痩《や》せ型。あまり陽灼《ひや》けはしていない。わたしがきくと、ぽつっぽつっと事情を話しはじめた。早い話、あそこの波乗りポイントで、ローカルのサーファーに殴られたらしい。わたしは、うなずいた。

どの波乗りポイントでも、ローカルたちの、いわゆる縄張《なわば》り意識のようなものがある。特に、あそこのポイントは、ハワイアンたちの縄張り意識が強いときいたことがある。白人の少年である彼が波に乗ろうとしたら、ローカルの反発をくらうのは、それほど驚くことじゃないだろう。わたしは、BUDライトを片手に、そう思った。

彼は、もう、歩けるようになっていた。乗り物は？　そうきくと、自転車が置いてあるという。その場所までは、歩けばかなりある。わたしは、帰りがてら、送っていくことにした。

岸に上がる。わたしのアシは、フォードのピックアップだ。その荷台に、彼のボディボードをのせた。彼を助手席に乗せ、走り出した。7、8分で着いた。ビーチパークの片すみに、自転車が置いてあった。彼はわたしの車をおりると、何か言おうとした。わたしは、〈とにかく、あそこのポイントにはもう入らないことね〉と言った。

彼に手を振って走り出した。

2日後。彼、クリスがやってきた。

ちょうど、釣りを終え、ハーバーに帰ってきたところだった。釣り客が帰っていった船の上。わたしは、ひとり、船洗いをしていた。デッキハンドのテッドは、ルアーとロッドの片づけをやると、さっさと帰っていった。船洗いが面倒くさいのだ。それほどの金をもらっていないという意識があるのかもしれない。とにかく、わたしは、ひとり、ホースから出る水で、船のデッキを洗っていた。

クリスが自転車でやってきた。それに気づいた。手を止めた。彼は船べりまでやってきた。だいぶ元気になったようだ。片手に持っていたものをさし出した。BUD《バドワイザー》の6缶《シックス》パックだった。2日前、助けてもらったお礼ということだろう。

「ありがとう」

わたしは言った。手招きし、彼を船のデッキに乗せた。彼は、ショートパンツをはき、クイックシルバーのTシャツを着ていた。わたしは、船洗いのとちゅうで、汗だくだった。ノドも渇いていた。彼が持ってきてくれたBUDを1缶とる。そこで気づいた。

「あんた、いくつ？」

とクリスにきいた。

「21」

「ウソ」

「……19だよ。本当に」

彼は言った。去年ハイスクールを卒業したという。それは、本当のようだった。19歳。まあいいか……。わたしは、BUDを、1缶、彼にも渡した。それにしても、よく彼がビールを買えたものだ。ハワイでは、21歳未満への酒の販売は厳しい。必ずIDカードの提示を求める。観光客の場合は、パスポートだ。そのことを訊《たず》ねると、

「たまたま、家の冷蔵庫にあって……」

と彼。

「それを持ち出してきたわけね。パパやママに叱られないの？」

「大丈夫だよ。両方とも、いないから……」

とクリスは言った。パパもママもいない。なんか、事情がありそうだった。けど、

それをきくのは、やめておいた。まだ知り合ったばかりなのだから……。

船べりに腰かけ、クリスもBUDを飲みはじめた。この手の船、つまりスポーツフィッシャーに乗るのは珍しいらしい。まわりを見回している。

「毎日、海から帰ってきたら、そうやって船を洗うんだ」

と、きいた。わたしは、うなずいた。船全体を水洗いする。キャビンの上にあるフライ・ブリッジは水を流せないので、濡《ぬ》らしたウエスで拭《ふ》く……。それは、かなり大変な作業だ。まして、1日の釣りを終えて帰ってきたあとだけに……。わたしは、そんなことを彼に説明した。

「手伝いは、いないの？」

とクリス。わたしは、苦笑しながら、また説明する。デッキハンドという手伝いはいる。釣りの場面では、文字通りデッキで仕事をする。それはそれとして、いまいるデッキハンドのテッドは、面倒くさがり。ハーバーへ帰り、釣り具の片づけをやると、さっさと帰ってしまう。そこで、船洗いは、すべて、わたしがやることになる。そんなことを、クリスに説明した。彼は、うなずきながら、きいている。

わたしが話し終わると、クリスは、しばらく何か考えている。

「いっそ、アルバイトを雇うとかは？」

と言った。わたしは、うなずいた。それは、すでに考えていた。でも……と思う。

船洗いは、せいぜい1時間半で終わる。そんな、ピンポイントで短い時間のアルバイトをやる人間がいるだろうか。しかも、船洗いの時間は、その日によって変わる。日によって、チャーターの時間がちがうからだ。きょうのように、6時間のチャーターだと、午後2時には、ハーバーに帰ってくる。これが、8時間のチャーターだと、ハーバーに帰ってくるのは午後4時になる。それが、日によって変わる。さらに、お客の予約が入らなくて海に出ない日も、かなりある。そんな条件では、バイトを雇うのは難しいだろうと、わたしは思っていた。そのことを、クリスに言った。


「あの……」

とクリス。遠慮がちに、口を開いた。わたしは、2缶目のBUDを手に、彼を見た。

「そのバイト、僕じゃできないかな……」

と彼。あい変わらず、ひかえめな口調で言った。あなたが？　わたしは、きき返した。彼は説明する。いま、彼はカラカウア通りのバーガーキングでバイトをしている。

そのバイトは、午前8時から午後1時までだという。午後1時になると、体があく。いま、そのあとにやることは何もない。彼は、そう話した。

わたしは、クリスを眺めながら考えた。彼がいまそんな状況なら、船洗いをやってもらうのも、いいかもしれないと、ふと思った。あらためて、彼を見た。少年とも言えるし、青年とも言える。特に、がっちりした体つきではない。けれど、船洗いに、力はいらない。ていねいにやってくれればいいだけだ。

「本当に、やる気ある？」

きくと、〈もちろん〉という表情でクリスはうなずいた。船が帰ってくる時間は、日によってちがう。仕事のない日もある。そんな条件を、あらためて話した。彼は、それでもいいという。前日に連絡をくれれば、その時間に、ここにやってくるという。どっちみち、午後はやることがないのだからと言った。

そうなれば、話を決めてもいいだろう。わたしは、クリスにやらせてみることにした。そこで、バイト代を考える……。チャーターのお客を乗せて海に出れば、600ドルから800ドルのチャーター代は入る。

デッキハンドのテッドには、その中から200ドル渡している。たとえば、船洗いをするクリスには、50ドル。そのあたりで、どうだろう……。わたしは、1回50ドルで、どう？　そう彼にきいた。

彼は、うなずいた。もちろん、オーケイ。午後、ぶらぶらして過ごすことを考えたら、50ドルで、まったくオーケイだという。話は決まった。さっそく、明日からきてもらうことにした。わたしとクリスは、携帯電話の番号を教え合った。

翌日。午後2時までのチャーターだった。お客は、白人のファミリー。カリフォルニアから観光できたという。パパ、ママ、15歳ぐらいの男の子。10歳ぐらいの女の子。とりあえず、何か釣れればいいという。こういうチャーター客は楽だ。わたしは、A《ア》K《ク》U（カツオ）を中心に釣ることにした。沖で、かなり大きなAKUの群れが回遊していると情報が入っていた。実際、沖に出ると、カツオの群れがいた。海面近くを飛び回っている海鳥が、それを教えてくれた。わたしは、柔らかいロッドと、イワシ・サイズの小さなルアーを用意し、流しはじめた。

すぐにヒットした。小型のリールが、軽い音をたてる。まず、パパがリールを巻いて1匹。つぎに、息子がリールを巻いて1匹。さらに、10歳ぐらいの女の子もリールを巻いた。船の上に、歓声が響く。AKUは、つぎつぎと釣れる。最初の5本はキープ。船の床下にあるフィッシュ・ボックスに入れた。それからあと、釣れたAKUは、船べりでリリースした。

2時少し過ぎ。ハーバーに戻る。ああ言ったけれど、クリスが本当にくるかどうか……。あの年頃は、いい加減な子も多い。そう思っていた。

けれど、クリスは、きていた。船を舫《もや》う桟橋に立っていた。わたしは、船を桟橋に着岸した。家族連れの釣り客は、にぎやかに船をおりていく。わたしは、デッキハンドのテッドに、クリスを紹介した。テッドは、〈よろしくな〉とだけクリスに言った。あい変わらず、釣り道具の片づけだけやって、さっさと帰っていった。わたしは、クリスに船の洗い方を教えはじめた。

「あんた、AKUのサシミ、食べる？」

わたしは、クリスにきいた。船洗いが一段落したときだった。きょう釣れたAKUをサシミにしてビールを飲もうと思った。そこで、クリスにも、きいてみた。ハワイの人は、サシミが好きだ。日系人やハワイアンだけでなく、白人でもサシミを食べる人は多い。AKU、つまりカツオのサシミでもよく食べる。

クリスも、AKUのサシミを食べるという。わたしは、船のフィッシュ・ボックスを開けた。家族連れの釣り客は、魚を持って帰らなかった。氷水の中に、AKUがいる。わたしは、その2匹をとり出した。船べりに、専用のまな板をセット。包丁で、AKUをさばく。手ぎわよく、サシミにした。キャビンの冷蔵庫からニンニクを出し、スライスした。醤油《しょうゆ》も出す。

クーラーボックスには、お客のための飲み物がたくさん入っている。そこから、BUDライトを2缶出した。クリスに1缶を渡し、〈お疲れさま〉を言う。AKUのサシミを食べながら、ビールを飲みはじめた。

ハワイで言うAKUが、日本のカツオと、まったく同じものか、わたしは知らない。けれど、日本からきた人にAKUを食べさせたら、まるで同じものだと言った。ハワイのAKUの方が、少しアブラがのっていると言っていた。

とにかく、わたしとクリスは、ルビーのような色をしたAKUのサシミを口に入れた。カツオ独特の、うまみが口の中にひろがる。そこに冷えたビールを流し込む。

陽は、かなり西に傾いている。バナナ・イエローの陽射しが、白い船体を淡い黄色に染めていた。クリスが着ている白いTシャツも、同じような色に染まっている。ハーバーの海面にも、陽射しが照り返していた。頭上でカモメが鳴いている。

「ハイ、ヒロミ！」

という声がした。〈BANZAI《バンザイ》〉という船のキャプテンだった。〈BANZAI〉は、大物ばかりを狙うチャーターボート。そのキャプテンも、わたしと同じ日系人だ。

「AKU、うまそうじゃないか」

と〈BANZAI〉のキャプテン。わたしは、〈分けてあげるわよ〉と言った。フィッシュ・ボックスから、AKUを3匹出した。ビニール袋に入れ、彼にあげた。彼は、礼を言う。AKUの入ったビニール袋を手に下げて、じっとわたしを見た。

「ヒロミも、キャプテンらしくなってきたな……」

と言った。少し眼を細め、わたしを見ている。やがて、〈AKU、ありがとう〉と、もう1度言った。ゆっくり歩き去っていった。

「あの……きいていい？」

クリスが言った。2缶目のBUDライトが、そろそろ空《あ》いてしまう頃だった。何？わたしは、そういう表情でクリスを見た。クリスは、しばらく無言でいた。そして、口を開いた。

「この船のキャプテンになって、どのぐらいたつの？」

わたしは、ホノルルで生まれた。パパもママも日系三世。わたしは日系四世ということになる。日系人の中には、漁業関係の仕事につく人が多い。日本人は、もともと魚をよく食べる。同時に、魚を獲《と》るのが上手なのだろう。わたしが物心ついたとき、パパは、チャーターボートのキャプテンをやっていた。毎日のように、お客を乗せて海に出ていた。それは、よく覚えている。

3、4歳頃になると、わたしはパパの船に乗るようになった。その年頃で女の子なのに、わたしは船が揺れても怖がらなかったという。もちろん、船酔いもしなかったらしい。

十代になると、面白半分、釣りの手伝いをするようになった。当時、デッキハンドをやっていたケリィというハワイアンと一緒に、手伝いをするようになった。

あれは……確か、わたしが17歳のときだった。トローリングをしていると、リールが激しく鳴った。かかった魚は、けっこう大きそうだった。お客が、ファイティングチェアーでリールを巻きはじめた。25分ぐらいかけて、魚が寄ってきた。そのとき、ハワイアンのケリィが、〈ヒロミ、リーダーをとってみろよ〉と言った。

トローリングに使うルアーの手前には、7メートル、リーダーと呼ばれる太いラインがついている。茹《ゆ》でたスパゲティぐらいの太さがあるラインだ。それは、ファイトの最後に、手でたぐる。

わたしは、やってみようと思った。革《かわ》でできたグローヴを両手にはめた。やがて、リーダーが海面から上がってきた。わたしは、それを両手に巻いた。すぐ後ろには、ケリィが待機している。わたしが海に引き込まれそうになったら、すぐに体をつかまえるためだ。

リーダーをとっても、魚は抵抗した。下に突っ込もうとする。わたしは、両足をふんばり、両腕に必死の力を込めて、それをこらえた。じりじりと、リーダーを巻きとっていく……。

やがて、魚が海面に上がってきた。ケリィが、魚にギャフをかけた。船の後ろにある、魚を引きずりこむためのドアを開け、魚をデッキに引っぱり上げた。それは、50キロはありそうなAHI《アヒ》（キハダマグロ）だった。闘い終えたわたしは、放心状態……。ハーバーに帰って正確に検量してみると、54キロあった。

それが大きなきっかけとなって、わたしは、デッキハンドの手伝いを本格的にはじめた。ケリィにかわって、リーダーをとることも多くなった。

18歳。ハイスクールを卒業すると、正式に、パパの船のデッキハンドになった。膝《ひざ》に持病をかかえていたケリィは、故郷のマウイ島に帰っていった。

それからは、毎日のように、パパの船に乗り込んだ。さまざまなお客を乗せ、さまざまな魚を釣った。ときには、大物もかかった。150キロのブルー・マーリン（カジキ）、88キロのAHI、などなど……。わたしの力量は、年を追うごとに上がっていった。ハーバーの誰もが認めるほどに……。

パパが倒れた。

わたしが23歳のときだった。パパが家で倒れた。急性の心不全だった。病院に走る救急車の中で、パパは、わたしの手を握った。そして、細く震える声で、〈船を、よろしくな……〉と言った。わたしは、何回もうなずいた。病院に着いて5時間後、パパは天国に旅立った。

パパのお葬式がすんでも、わたしには、ゆっくり悲しんでいる暇《ひま》はなかった。目の前に難題が待ちかまえていた。船をどうするのか、わたしがキャプテンを引きつぐか……。その問題だった。パパの船に、5年以上乗り続けた。毎日毎日、経験をつんできた。わたしには、キャプテンを引きつぐだけの力量はあると思う。けれど、わたしは、キャプテンを引きつぐのを、ためらっていた。それには、はっきりとした理由がある。

その理由は、ひとことで言えば、こうだ。〈キャプテンという仕事が、いかに孤独なものか、知ってしまった〉ということだ。

同じようにお客に魚を釣らせるのでも、船を止めて、お客にエサ釣りをさせるのなら、問題はない。ほぼまちがいなく、何かしらの魚が釣れるからだ。

けれど、ルアーを曳《ひ》いて海の上を走っていくトローリングは、まったくちがう。曳いているルアーに魚がヒットしてくれるかどうか、まったく保証はない。一種のギャンブルといえる。

キャプテンは、潮の流れを読み、水温の変化を読み、海鳥たちの動きを読み、なんとか広い海の上で魚をかけようとする。

もちろん、うまくいくときはある。マヒマヒが20匹以上釣れて、船上に歓声があふれることもある。けれど、その逆も、よくある。特に大物狙いのときは……。5時間たっても、6時間たっても、まったくヒットがない、リールが鳴らない。そんなことは、ざらにある。しょっちゅうと言ってもいいだろう。

そんなとき、キャプテンは孤独な闘いをしいられる。どこへ船を向ければ、魚と出会うことができるのか……。魚がヒットし、リールが激しい音を上げはじめるために、何をしたらいいのか……。そのため、たった一人で悩む。

悩んだあげく、ベストと思える海域に船を進め、これしかないというルアーを曳いていても、魚がヒットしないことは、ざらにある。そうなると、乗せている釣り客もイライラしてくる。中には、嫌味《いやみ》を言ってくる客もいる。

そんな、嫌味を言ってくる客は、それでもまだいい方だと、パパは言っていた。もっと辛《つら》いのは、真剣な釣り客。何百ドルかのチャーター料を払い、大物とのファイトを夢見ている。ルアーを曳きはじめてから、ずっと、そのルアーを見つめている。そういう、真剣で一途《いちず》なお客を乗せて、魚がまったくヒットしないとき……。それが一番辛いな、とパパは言っていた。いっそ、嫌味や文句を言ってくれた方がいいのに、とも言ってたことがある。それは、近くにいるわたしにもわかった。

そんな状況で、1回のヒットもなく、ハーバーに帰る。釣り客は、小声で何か言い、船をおりていく……。そんなとき、キャプテンは、自信がゆらぐのを感じる。自分のふがいなさに怒りを感じる。わたしは、パパが、片づけのとちゅうで、肩を落としていたり、頭をかかえていたりするのを何回となく見ている。その背中に色濃く漂っている孤独感も……。

キャプテンといえばきこえはいいけれど、そうやって、つねに孤独感をかかえ、崩れそうになる自信やプライドと闘っている仕事だといえる。わたしが、キャプテンという仕事を引きつぐことに、ためらっている、その理由は、そこにある。

「それでも、引きついだ……」

とクリス。きくような、確かめるような口調で言った。わたしは、小さく、うなずいた。キャプテンを引きつぐかどうか、何週間か迷った。それでも、結果的には引きついだ。その大きな理由は、やはりパパのことだ。病院へ走る救急車の中、〈船を、よろしくな……〉。震える小声でそう言った。わたしの手を握って……。あのパパの声は、忘れられるものではない。パパが死んで2ヵ月後。わたしは、また、船のエンジンをかけた。チャーターボートの仕事をはじめた。それから、もう1年以上が過ぎた。わたしはいま、24歳になっていた。

そんなことを、クリスに話した。彼は、うなずきながら、きいていた。大げさに驚いたり、口をはさんだりしない。この子は、意外に頭のいい子なのかもしれないと、わたしは感じていた。

「やめる?」

わたしは、きき返した。テッドは、ルアーの片づけをしながら、うなずいた。ぼそっとした声で、今週でデッキハンドの仕事をやめると言った。やめたあとは、兄がやっているコーヒー農園の手伝いをするという。〈突然すぎない?〉と言うと、〈あっちも人手がたりなくてね〉と、そっけない返事がかえってきた。わたしは、むっとしていた。同時に、心の中でつぶやく。〈こいつは、もともと、海に出る仕事など好きでもなんでもなかったんだ〉。やめるなら、勝手にしろだ。

それはそれとして、困った。

すぐに、つぎのデッキハンドが見つかるかどうか……。難しいと思えた。けれど、デッキハンドなしでは、チャーターボートの仕事はできない。さて、どうしよう……。テッドが帰っていったあとの船のデッキ。わたしは、BUDライトを手に、つぶやいた。そのときだった。

「あの……いいかな、ヒロミ」

という声がした。クリスだった。彼は、船洗いのバイトをはじめて、もう3週間。これまでのところ、まじめにやってくれている。きょうも、船洗いを終えたところらしい。ショートパンツが、かなり濡《ぬ》れている。汗もかいている。

「テッドが、やめるんだって?」

と彼。どうやら、テッドとわたしの話がきこえていたらしい。わたしは〈その通り〉という表情で、うなずいた。デッキハンドって、すぐに次が見つかるの？　クリスがそうきいた。わたしは、〈どうだか〉という感じで、苦笑しながら、肩をすくめてみせた。クリスは、うなずき、しばらく黙っている。やがて、

「デッキハンドの仕事って、覚えるの、大変なのかな……」

と言った。その言葉と、その表情で、彼の言いたいことが、だいたい、わかった。

「あんた……デッキハンドの仕事を、やってみたいの？」


「僕には、何もないんだ……」

つぶやくように、クリスは言った。わたしは、彼に、クーラーから出したBUDライトを渡す。彼は、それに口をつけ、ぽつりぽつりと話しはじめた。

学校の成績は、ごく平凡。大学に進学するお金はない。得意なスポーツもない。海が好きなので、ボディボードを少しやるだけ。朝から昼過ぎまで、バーガーキングでバイトをしているのが、いまの状況。将来に向けて、何かをめざすという希望も、いまのところ、まったく見えていない。それが、いまの自分。淡々と彼は話した。

この年齢は、自分を飾りたがるだろう。けれど、ごく正直に、いまの自分を語っているクリスには、ちょっと好感が持てた。わたしだって、学校の成績は、まるでダメだった。チャーターボートの仕事をやっていなければ、どんな生活をしていたか、わかったものじゃない。わたしは、そんなことを考えていた。……やがて、2缶目のB

UDライトを飲み干した。そして言った。

「わかった。あんたに、デッキハンドの仕事を教えるわ」


そう言ったところで、思い出した。20歳未満の人間を船の仕事で使うときは、親の許可が必要だ。万が一の場合、命にかかわる仕事だからだ。わたしは、そのことをクリスに言った。親の許可は、とれそう？　そう彼にきいた。

「それは……難しいかもしれない……」

とクリス。少し沈んだ口調で言った。そして、

「いま、親がいないんだ……」

と、つけ加えた。わたしは、胸の中でうなずいた。それには、理由がある。クリスに船洗いのバイトをやらせはじめて3週間。彼が、ときおり見せる表情の翳《かげ》りに、わたしは気づいていた。船洗いをして、ひと息ついて空を眺めているとき。すべて終わって、軽くビールを飲んでいるとき。ふと、彼の表情が翳る……。それまで快晴だった空に、雲がひろがりはじめるように……。彼の心の中には、いつも明るい陽が射しているわけではなさそうだ。そのことに、わたしは気づいていた。

わたしは、新しいBUDライトを出す。クリスに渡した。よかったら、両親のことをきかせてくれる? そう言った。彼は、BUDライトのプルトップを開ける。ゆっくりと口をつけた。ひと口飲み、しばらく無言でいた。

やがて、話しはじめた。クリスは、一人っ子として育った。8歳のとき、両親が離婚。彼は、母と一緒に、ホノルルの郊外マノアにある家で暮らしはじめた。やがて、彼の母は、クヒオ通りにあるレストランで働きはじめたという。

やがて、母は1人の男と知り合った。レストランのマネージャーだった。母と彼は、親しくなっていき、クリスが13歳のときに結婚した。結婚するのと前後して、彼はレストランの仕事をやめた。何か、別の仕事をはじめたようだった。不規則な時間に家を出ていく。クリスには、それが不思議だった。けれど、その理由がわかった。

「彼は、マリファナの売人だったんだ」

と言った。レストランに勤めていた頃から、その商売に首を突っ込んでいたらしい。レストランをやめてからは、商売の手をひろげていったようだ。森の中でマリファナを育て収穫する人間から、それを買いとる。そして、あちこちで売る末端の連中に売りさばく。相当な量のマリファナをあつかいはじめたらしい。数年間は、かなりの収入だったようだ。十代の少年だったクリスにも、それは、わかった。

けれど、その仕事も長くは続かなかった。クリスがハイスクールを卒業する1ヵ月前。継父は逮捕された。そして、同時に母も逮捕されたという。母も、マリファナの仕事を手伝っていた。しかも、末端のチンピラではなく、大量にマリファナを流す、いわばブローカーだった。罪は軽くない。いま現在、2人とも、それぞれ刑務所に入っているという。

そんなことを、彼は、淡々とした口調で話していた。離婚。マリファナ。どちらも、ハワイでは珍しくないことだ。けれど、親が逮捕され、刑務所に入っているとなると、きつい話だ。それがわかっていて、あえて、クリスは淡々とした口調で話しているようだった。わたしは、話をきき終える。

「わかった」

と言った。両親がいないのでは、許可をとることはできない。とりあえず、無許可でやるしかないだろう。わたしは、クリスにそう言った。〈ほかの船の連中に年齢《とし》をきかれたら、20歳《はたち》って言うのよ〉と彼にクギをさした。

「じゃ、晩ご飯は、ひとりで？」

きくと、クリスはうなずいた。そこで、わたしは気づいた。彼が船にくるとき、たいてい、バーガーキングのビニール袋を手にさげている。船洗いが終わると、それをさげたまま帰っていく。

「あれが、あんたの晩ご飯？」

わたしは、きいた。彼は、ちょっと恥ずかしそうな表情でうなずいた。ハンバーガー・ショップでは、あらかじめハンバーガーをつくって用意している。特に客がたて続けにくるランチタイムには……。その結果、売れ残るハンバーガーも出てくる。一定時間を過ぎたものは、処分する決まりになっている。クリスは、それをもらってくるという。晩ご飯のために……。

「それを温めなおして食べるの？」

ときくと、彼は首を横に振った。ということは、冷えたまま食べるということらしい。わたしは、少しショックをうけていた。彼が、どんな家に住んでいるのか知らない。もし仮に、プールつきの広い屋敷に住んでいたとしても（ありえない話だと思うが）、ひとりで食べる冷めたハンバーガーの夕食は寂し過ぎる。

わたしは、話し終えた彼の横顔を見た。やや細面の横顔に、夕方の陽が当たっていた。その表情は、十代の少年のようでもあり、二十代の大人のようでもあった。すでに現実の厳しさを知ってしまった人間のものなのだろう。ハーバーを渡っていく風が、涼しくなってきた。岸壁に駐《と》めたクルマのカーステレオから、B《ボズ》・スキャッグスの唄《うた》う〈Harbor Lights《ハーバー・ライツ》〉が流れていた。わたしは、立ち上がる。手にしていたBUDライトの空き缶を、ゴミ箱に放り込んだ。

「じゃ、今夜は、まともなものを食べにいこう」

駐めてあるクルマに歩きながら、チャーター・デスクのサリーに電話をした。チャーター・デスクとは、ホノルルにあるチャーターボートの予約をまとめて受けている事務所だ。この先1週間、わたしの船は休む。すでに入っている予約は、ほかの船に回してくれ。わたしは、そう言った。チャーターボートでは、よくあることだ。キャプテンがケガをした。デッキハンドが急病にかかった、などなど……。わたしは、その1週間で、クリスに仕事の基本を教え込むことにした。

その夜は、ダウンタウンにあるヴェトナム料理店にいった。米でつくった麵《めん》を使ったフォーを注文した。牛肉と野菜がたっぷりのった麵を、わたしたちは食べた。

翌日から、わたしは海の上でトローリングの基本をクリスに教えはじめた。リールのあつかい方からはじめた。そして、トローリングという釣り方の基本。釣り針《フック》のついたルアーを、船の後ろに曳《ひ》く。4本曳くときもあれば、2本のときもある。魚がルアーをくわえてヒットすると、ラインが引き出され、リールが音をたてる。デッキハンドは、魚のかかっていないルアーを素早く船に引き上げる。

釣り客は、主にファイティングチェアーでリールを巻く。そのサポートを、デッキハンドがやる。そして、ファイトのラスト。魚が船べりに寄ってきたら、デッキハンドの一番大切な仕事。魚を船に引き上げる。ルアーの手前には、リーダーと呼ばれる太いラインが数メートルついている。うちでは、いま、7メートルのリーダーをつけている。デッキハンドは手にグローヴをはめ、そのリーダーをたぐり寄せる。そして、魚を船に上げる。AKUやマヒマヒぐらいなら、魚は簡単に上がる。けれど、50キロをこえるAHIや、さらにカジキになると、話はちがう。へたをすると命がけの仕事になる。

そんなことをクリスに説明しながら、やってみせる。実際にルアーを流してみせる。魚がヒットしたことにして、トレーニングをする。

リーダーを巻きとっていく、その練習はレンガを使った。レンガをロープで縛る。それにリーダーをつけ、海中に入れる。そして、リーダーを巻き上げるトレーニングをする。レンガの練習は、あまり大きくない魚のためだ。これに慣れたら、つぎはコンクリートブロックを使う。より大きな魚の場合を考えて、重いブロックを海中から引き上げる。これは、わたしがデッキハンドのまねごとをはじめたとき、キャプテンだったパパがやらせた練習方法だった。

クリスは、どのトレーニングも、真剣な表情でやっている。

とりあえず、1週間のトレーニングは終えた。デッキハンドとしての基本は教えたと思う。

クリスのデビュー本番は、すぐにやってきた。その日は、白人の観光客4人がお客だった。トローリングは初めてだという。わたしは、AKU狙いでいくことにした。

3キロから5キロのAKUなら、クリスでも、楽にあつかえると思ったからだ。使う釣り道具も軽量のものだ。

ハーバーを出て、ポイントに向かう。20分ぐらいで、それらしい気配が感じられた。わたしは、上のフライ・ブリッジから〈ルアーを流して〉とクリスに言った。クリスが、うなずく。少し緊張した表情でルアーを2本流した。

すぐに、きた。トローリング用にしては小型のリールが、ジャーと軽い音をたてた。釣り客の1人が、ロッドを引き抜いて、リールを巻きはじめた。クリスはもう、魚のかかっていない方のルアーを船に上げていた。〈そうそう、オーケイ〉と、わたしは胸の中でつぶやいた。AKUが船べりに寄ってきた。クリスは、教えた通り、海面に出てきたリーダーをつかむ。両手で巻きとり、魚を海面から抜き上げた。3キロほどのカツオだった。釣り客たちの歓声が船のデッキに響いた。

その日、12匹ほどのAKUが釣れた。釣り客たちは、ホテル泊まりなので釣った魚を持ち帰りはしないという。なので、AKUは3匹だけキープして、あとはリリースした。ハーバーに帰る。釣り客たちが、にぎやかに船からおりていく。わたしとクリスは、釣り道具の片づけをやり、船洗いをやり、ひと息ついた。氷水の中からAKUを出す。冷蔵庫からニンニクと醬油《しょうゆ》を出した。AKUのサシミが、まな板に並んだ。

わたしとクリスは、彼のデッキハンドとしてのデビューに、BUDライトで乾杯した。

彼は、少し照れた表情だった。


これは！

わたしは緊張した。リールが、かん高い音で鳴りはじめたからだ。そこそこ太いロッドが、ぐっと曲がっている。

クリスがデッキハンドをはじめて、約1ヵ月たった頃だ。その日の釣り客は、白人の男が2人。トローリングは、2回目だという。AKUなどでなく、少し大きめの魚を釣りたいという。わたしは、大きなマヒマヒか、ONO《オノ》を狙うことにした。ONOは、英語ではワフーという。20キロぐらいのものは、ホノルル沖にもいる。

中型のルアーを4本流した。30分ほどでヒットがあった。白人男の1人がファイトをする。1メートル・オーバー。10キロ近いマヒマヒが上がってきた。クリスは、うまくそれを船に上げた。リールを巻いた釣り客は、満足そうな表情。

それから、しばらく、ヒットがない。最初にマヒマヒを釣った釣り客は、居眠りをはじめている。わたしは、もう少し沖に出てみることにした。GPSを見ながら、舵《かじ》を切っていく。南に、2マイルほど走った。水の色がさらに良くなった。そう思った瞬間だった。

かん高く、激しく、リールが鳴りはじめた。

わたしは、船のスピードをぐっと落とした。それでも、リールは激しく逆転し、ラインはすごいスピードで出ていく。わたしは、後ろを見た。カジキがジャンプする様子はない。とすると、大物のAHI、キハダマグロだろう。

クリスが、あわてて、ほかのルアーを引き上げる。わたしは〈急いで!〉と叫んだ。クリスは、デッキでつまずきながらも、ほかのルアーを引き上げた。釣り客は、もうファイティングチェアーに座っている。わたしは、船を激しくバックさせはじめた。やがて、出ていくラインの勢いが弱くなる。やがて、止まった。わたしは釣り客に〈巻いて!〉と叫んだ。

ファイトが、はじまった。わたしは、かなりなスピードで船をバックさせ続ける。リールを巻いている釣り客も、力がある。ぐいぐいとリールを巻く。20分ぐらいで、出ていったラインの半分は、とり戻した。

さらに15分。なんとか、ラインのほとんどをとり戻した。魚は、もう船の近くまできている。70キロから80キロのキハダマグロだろうと、わたしは見当をつけていた。クリスに向かい、〈もうすぐよ！〉と言った。

海面からリーダーが出てきた。クリスが、グローヴをはめた両手で、リーダーをつかんだ。けれど、さすがに、なかなか上がってこない。海中にいるマグロは、リーダーをつかまれたのを感じ、下に潜ろうとしている。潜るというより、下に突っ込むという感じだ。初めて感じる魚のパワーに、クリスはとまどっている。

がんばって！　わたしは、胸の中でクリスに声をかけていた。彼は、重心を下げ、必死でリーダーを巻きとろうとしている。けれど、うまくいかない。まず、キハダマグロが、相当な大物。そして、クリスは、こんな大きな魚を引き上げたことがない。どうなるのか……。わたしは、舵を握り、船を微妙に動かしながら、マグロと格闘しているクリスを見ていた。助けてあげたい。が、助けることはできない。彼は、自分一人の力で、この大物を引き上げるしかない。大物釣り、ビッグゲームの場面で、こういう状況は多い。2分……3分……4分……。クリスは、それでも、じりじりと

時間が、かかり過ぎている。わたしは、まずいなと思った。リーダーを巻き上げていく。5分……6分……。そう感じた瞬間だった。相手の魚にチャンスを与えてしまう。そう思ったときは遅かった。マグロが、素早く船の下にもぐり込んだ。やばい！　スをくずす。後ろに、ひっくり返った。リーダーが切れた。それを引いていたクリスは、体のバランスを握っていた釣り客が、何か叫んだ。腰から、デッキにひっくり返った。ロッドを

「本当にごめん……」

小さな声で、クリスが言った。ハーバーに戻って20分。釣り客の白人男性2人は、もう帰っていった。2人になって、クリスはわたしに、あらためてあやまった。

釣り客の反応は、ころころと変わった。リーダーが切れた直後は、ぽかんとしていた。何が起きたか、わからなかったようだ。そして、リーダーが切れたと知ると、ひどく、くやしがった。怒ってもいた。わたしは、デッキにおりていった。釣り客たちに説明する。いまは、魚が急に船の下にもぐり込んだ。そして、リーダーが、船のプロペラか舵に触れて切れたと思われる。そして、これは、よくあることだと説明した。

釣り客たちは、〈ふうん〉という感じできいている。

やがて、釣りを終え、ハーバーに帰った。釣り客たちの気分も、だいぶおさまったらしい。〈残念だったけど、面白かったよ〉と言った。クリスの肩を軽く叩《たた》いた。船をおりていった。

釣り客たちが帰っていくと、クリスは小声で〈ソーリー〉とだけ言った。しょんぼりした顔をしている。わたしも、〈ま、しょうがないわ。よくあることよ〉と言った。そして、あのAHIは、たぶん80キロをこえる大物だったと思う。たいていのデッキハンドなら苦労するはずだ。そう説明した。クリスは、うつむき、唇をかんで、うなずいている。

その夜、8時過ぎ。家に帰ったわたしは、船にちょっとした忘れ物をしたことに気づいた。明日、船にチャーターの予約は入っていない。今夜、忘れ物をとりにいくことにした。クルマで、ハーバーにいった。

クルマを駐《と》める。船を係留してある桟橋に近づいていった。あと30メートルのところで、物音がきこえた。どうやら、うちの船……。さらに、近づいていく。船のデッキに、人の姿。わたしは、さらに近づいていく。薄暗いので、はっきりとは見えない。けれど、デッキにいるのがクリスだとは、わかった。白いTシャツ姿で、何かやっている。

立ち止まって見た。しばらくすると、クリスが何をやっているか、わかった。彼は、リーダーをとる練習をしている。ロープで縛ったコンクリートブロックを、両手で引き上げる。それにリーダーをつけている。海に沈めたコンクリートブロック。そのトレーニングを、船べりでやっていた。わたしは、じっと、それを見ていた。10分たっても、20分たっても、クリスのトレーニングは、終わりそうもない。わたしは、船にいくのをやめにした。駐めてあるクルマに、歩きはじめた。そして、ふと思い出していた。ある小説の一節を思い起こしていた。

〈誰にも、ひとりで渡らなければならない河がある。〉

そんな文章だったと思う。いまのクリスが、そうだ。自分で渡らなければならない河が、目の前にある。河を渡るのをあきらめる人もいるだろう。けれど、クリスは、自分でその河を渡ろうとしている。逃げようとせず。そのところに、心を動かされた。初めて会ったときの彼は、少年と青年の間といえるような印象だった。それが、いま、青年のイメージに近づきつつある……そんなように感じられた。わたしは、駐めてあるクルマに歩き続けた。

それからのクリスは、腕を上げていった。10キロ前後のマヒマヒなら、なんなくあつかえるようになった。2週間後、20キロぐらいのONOがヒットした。これも、落ち着いて船に上げた。

そして、1ヵ月後。また、大きなAHIがヒットした。30分ほどで、船べりに寄せた。クリスは、重心を下げリーダーをとった。その動作が、落ち着いていた。むだな動きはせず、じりじりと確実にリーダーを巻きとっていく。

やがて、魚は、海面のすぐ下まできた。魚影が見えた。わたしは、素早くデッキにおりる。ギャフをつかむ。海面に上がってきたAHIにギャフをかけた。わたしとクリスは、船の後ろにあるドアを開け、AHIを船上に引き上げた。70キロ以上あるだろう。釣り客たちから、歓声が上がった。

ハーバーのたそがれは美しい。淡い金色の陽射しが、すべてを染めている。近くに見えるワイキキの高層ホテル群。ハーバーに舫《もや》われている船の白い船体。それらが、みな金色に染まっている。

わたしとクリスは、船洗いを終え、デッキでBUDライトを飲みはじめていた。きょうのAHI釣りの成功に、乾杯したところだった。

クリスは、初めて会ったときと別人のようになっていた。深い色に陽灼《ひや》けしている。体も、がっしりしてきたようだ。そして、何よりも、その表情が、以前とまるでちがう。〈気弱で翳《かげ》りのある19歳〉といったイメージは、もうない。眼に強い光がある。話す口調も、落ちついて力強い。たぶん、デッキハンドとして自信がついてきた。そのことが、彼を〈少年〉から〈一人前の男〉に成長させたのだろう。

「AHIに、リベンジできたわね」

わたしはBUDライトを片手に言った。クリスは、小さく、ゆっくりと、うなずいた。その眼が、少しうるんでいるようだった。唇をきつく結んで、暮れていくホノルルの空を見上げた。頭上では、ヤシの葉がサワサワと揺れている。

その向こうに、大きな虹がかかっていた。ハワイの名物といえる虹。だけれど、その日の虹は、初めて見るのではないかと思えるほど大きく、しかも、二重《ダブル》だった。わたしとクリスは、そのダブルの虹を見ていた。すっかり陽灼けして、たくましくなったクリスの腕に、わたしは自分の腕をからめた。彼の肩に、自分の頭をのせた。近くに舫ってある船から、バングルスの〈Eternal Flame《エターナル・フレーム》〉が流れていた。わたしたちは、じっと、空にかかった虹を見ていた。

その2日後。チャーターが休みの日。わたしは、デパートのJCペニーにいった。そして、口紅を買った。初めて買う淡いピンクの口紅……。家に帰り、鏡の前で、自分の唇にそっと塗ってみた。24歳なんだから、これぐらい当たり前のことだ。そう自分にいいきかせる。けれど、そこには、クリスを意識する気持ちがある……。そのことも、わかっていた。でも、それ以上、深くは考えないようにした。

「大会？」

クリスが、きき返した。わたしは、説明しはじめた。2週間後、ホノルルを中心としたトローリングの大会がある。船を持っている人は、自分の船で出場してもいい。うちのようなチャーターボートを使って出場してもいい。そういう大会だ。

そして、うちの船をチャーターして出場したいという申し込みがあった。ホノルルに住んでいる人たちのチームだ。日系人の男性が4人のチームだ。パパが生きている頃から、うちの船で釣りをしていた人たちだ。現在、出場するのは約40チームだという。

大会当日。午前6時。チームの連中が、にぎやかに船に乗り込んできた。その1人が、わたしの肩を叩《たた》く。〈勝たしてくれよ、キャプテン〉と言った。エンギをかついで、ティーリーフという葉っぱを、フライ・ブリッジに飾っているメンバーもいる。

午前7時。スタート・フィッシング。各ハーバーから、船がスタートする。うちも、ハーバーを出て、速度を上げた。20分ほど走り、速度を落とす。ルアーを流しはじめた。きょうは、大物を釣らないと優勝ができない。だから、いつもより、かなり大きめのルアーを流した。

午前7時45分。出場艇から〈ヒット!〉の無線が入った。15分ほど過ぎて、約20キロのONOをキャッチしたと無線が入った。

それからの2時間ほど、ときどき〈ヒット!〉の無線が入る。10キロから20キロのONO。40キロほどのAHIなど、あちこちの船で釣れている。うちのリールは、まったく鳴らない。

午前11時。ひときわ大きな声で〈カジキがヒットした！〉の無線が入った。アラワイ・ハーバーの船だった。そして、ヒットの無線から約30分。90キロほどのカジキを釣り上げたと無線で報告が入った。無線でしゃべっているキャプテンの後ろで、大騒ぎしているメンバーたちの声もきこえる。ホノルル沖にも、カジキはいる。けれど、数は多くない。いま釣った船が優勝候補になった。

正午を過ぎた。かなりの船にヒットがあった。けれど、うちには何もヒットしない。わたしは、あせりはじめていた。GPSで、現在地や、ほかの船の位置を確かめる。わたしがいるのは、悪い場所ではない。周囲にいる船は、つぎつぎとヒットしている。けれど、わたしの船にヒットはない。

「ルアー、交換して！」

わたしは、デッキにいるクリスに叫んだ。これで、きょう3回目のルアー交換だ。クリスが、素早く、4本のルアーを替える。新しいルアーが、船の後方に流される。わたしは、祈るような気持ちで、それを見つめた。

時間は、過ぎていく。ストップ・フィッシングは、3時。あと、2時間半。周囲では、あちこちの船がヒットし、魚を釣り上げている。けれど、うちの船では、リールの鳴らない、じりじりとした時間が過ぎていく……。〈力を貸して、パパ！〉と叫びたかった。けれど、現実はシビアーだ。どんな場合も、キャプテンは、ひとりで、闘うしかない。孤独感が胸をしめつける……。

午後2時。ストップ・フィッシングまで、1時間。わたしは、最後のルアー交換をした。潮の動きがいいらしく、周囲の船からは〈ヒット！〉の無線がつぎつぎと入る。うちのリールは鳴らない。せめて1匹でも……。わたしの手は、汗ばんできた。

2時半。わたしは、じっと、後方のルアーを見ていた。ストップ・フィッシングの3時ジャストまでに魚をヒットさせれば、ストップ・フィッシングの後に釣り上げても、それは有効になる。頼む……お願い……。わたしは、心の中で悲鳴を上げていた。

2時45分……55分……あとストップまで5分。わたしは、リールが鳴ったとたんに無線を入れられるように、無線のマイクを握りしめて船を走らせていた。あと4分……3分……2分……。やがて、

「ストップ・フィッシングです！」

の無線が、流れた。わたしの頭の中は、まっ白になっていた。

「船洗い、終わったよ」

と、クリスの声がした。わたしは、キャビンにいた。キャビンにあるソファーに、もたれかかっていた。乗っていたチームの連中は、とっくに帰っていった。わたしの肩を叩き、〈まあ、こういう日もあるさ〉と言ってくれた。その優しさが、いまは辛《つら》かった。彼らが、大物とのファイトを期待していたのは確かだ。それなのに、1度もリールは鳴らず……。わたしは、彼らの顔を、まともに見ることができなかった。彼らが船をおりると、わたしは、船のキャビンに入った。キャビンのソファーに、どさっと体を投げ出した。ぼんやりと、天井を見ていた。

船洗いを終えたクリスが、キャビンに入ってきた。ソファーで、ぐったりしているわたしを見ると、近寄ってきた。並んでソファーに腰かけた。

「お疲れさま、キャプテン」

と言った。わたしは、力なく、うなずいた。クリスの肩に、自分の頭をのせた。やがて、クリスが、ぽつっと口を開いた。

「ベストをつくす、そのことだけに意味がある……」

と言った。

「誰の言葉？」

「ハイスクールのときの先生」

クリスは言った。わたしは、うなずいた。

「いい言葉ね……」

「しかも、真実だと思う。きょう、僕らはベストをつくしたんだから、それでいいじゃないか」

クリスは言った。口調はやわらかい。けれど、心の奥から出ている言葉だと思えた。

「ありがとう」

わたしは言った。彼の胸に、自分の顔を押しつけた。クリスが、わたしの肩を抱いた。しばらくの間、わたしたちは、そうしていた。やがて、わたしは、顔を上げた。すぐ近くに、クリスの顔があった。静まり返っている船のキャビン。わたしたちの顔が、近づいていく。やがて、唇と唇がふれた。短いキス……。彼の唇は、ペパーミントガムの香りがした。けれど、わたしは、そこで、唇をはなした。このままだと、最後までいってしまいそうだった。いまの自分は、気弱になっている。そして、何よりも、最近のクリスに、男を感じているからだ。

しかし、いま、クリスと男女関係になってしまうのは、まずい。わたしとクリスは、仕事仲間だ。そこに、男女関係が入りこんでくると、仕事がやりづらくなる。言いたいことも言えなくなる。お互いへの甘えもでてくるかもしれない……。それは、いいことではない。これは、プロの世界なのだから。

わたしは、厚みをましたクリスの胸に、自分の頬をそっと押しあてた。じっと、そうしていた。どこかで、船の汽笛《ホーン》がきこえていた。


運命の神様は、気まぐれだ。

その大会の翌日から、うちの船では魚のヒットが続いた。10キロ・オーバーのマヒマヒ。24キロのONO。86キロのAHI……。トローリングに出ると、たいていの日は、予想以上の魚が釣れた。クリスの、デッキハンドとしての腕も、日を追って、さらに上がっていった。たいていのものがヒットしても、わたしは安心して見ていられるようになった。クリスは20歳《はたち》になり、わたしは25歳になった。

クリスが20歳になった10日後だった。朝。釣りの準備をしていると、クリスが、わたしのいるフライ・ブリッジに上がってきた。〈ほら〉と言って、ふたつ折りのパスケースから、IDカードをとり出してみせた。20歳と記載されているIDカード。クリスは、〈これで、正々堂々と仕事ができるよ〉と言った。そのとき、釣り客が、船にやってきた。クリスは急いで、デッキにおりていった。お客が船に乗り込むのを手伝いはじめた。わたしは、そばに置き忘れられたクリスのパスケースを手にした。なくならないよう、どこかにしまっておこうと思った。

　そのとき、たまたま、ふたつ折りのパスケースが開いた。そこには、わたしの写真があった。透明なプラスチックの中に、わたしを撮った写真が入っていた。船の舵《かじ》を握って、前を見ているらしい横顔のアップだった。クリスは、いつも小型のデジカメを持ってきている。魚が釣れたときは、そのカメラで釣り客も入れた記念写真を撮っていた。その写真は、船のキャビンに置いてあるアルバムに入れ、お客が見られるようにしてある。けど、わたしの横顔を撮ったこの写真……。いつ撮られたのか、まったく、わからなかった。そのとき、わたしは、前方に気をとられていたのだろう。わたしは、パスケースに入っている自分の写真を、数秒、眺めた。そして、パスケースを、閉じる。操船席の近くの物入れに、そっとしまった。その日の釣りが終わったあと、そしらぬ顔でクリスに返した。

それは、クリスがデッキハンドになって11ヵ月目のことだった。

大物釣りが好きなお客が、うちのボートをチャーターした。カリフォルニアからきた中年の白人だった。ワイフを連れて、船に乗った。きけば、これまで、カジキや大物のＡＨＩを釣っているという。今回は、ワイフのためのハワイ旅行。その中の1日だけ、釣りに出ることにしたらしい。先週から、ホノルル沖というよりオアフ島の南側の海で、カジキが釣れていた。うちのハーバーでも、少ないけれどカジキが上がる。83キロのブルー・マーリン。１０６キロのブルー、１２２キロのブルー……。そんな噂をききつけて、その釣り客は、船をチャーターしたようだ。

朝6時半にハーバーを出た。25分ほど走り、ルアーを流しはじめた。ワイフは、すでにキャビンで休んでいる。マロイという釣り客は、デッキで、船の後方をじっと見ている。やる気だ……。

ヒットしたのは、4時間後だった。10時32分。オアフ島の南西。バーバーズ岬《ポイント》の沖を流しているときだった。

右舷《うげん》から流しているルアーのあたりで、大きな飛沫《しぶき》が上がった。とたん、リールが、すごい音を上げてラインを吐き出しはじめた。150メートルぐらい後ろで、カジキが海面から飛び出した。大きい！

ラインは、勢いよく出ていく。釣り客のマロイは、魚のかかったロッドをファイティングチェアーまで持っていく。クリスは、素早く、ほかのルアーを回収した。それを確認してから、わたしは船を思い切りバックさせる。バックでカジキを追いかけはじめた。後ろの船べりから上がる飛沫が、マロイやクリスの頭上に降り注ぐ。

ラインを600メートルほど引き出して、カジキのファーストランは止まった。ファイティングチェアーのマロイが、リールを巻きはじめた。わたしは、船をバックさせながら、それをフォローする。マロイは、がっちりした体格で、スタミナもありそうだった。

それでも、ファイトは一進一退。100メートル、ラインを巻きとっては、その100メートルをすぐ引き出される。そんな状況が続く。けれど、それは、予想していた。大きなカジキが、そう簡単に寄ってくるわけはない。

「ロング・ファイトになるわよ！」

わたしは、上からファイティングチェアーのマロイに叫んだ。マロイは、左手の親指を立ててみせた。余裕がある。

一進一退のファイトは、1時間、2時間と続いた。クリスが、マロイに冷たい水を飲ませる。その頭や背中に、水をかける。

2時間半が過ぎた頃、カジキのパワーが落ちてきたのを、わたしは感じはじめた。走っても、最初の頃ほどラインを引き出さない。ラインが出ていくスピードも、落ちてきていた。

「相手は、バテてきてるわよ！」

わたしは上から叫んだ。マロイが、リールを巻きながら、うなずいた。クリスが、またマロイに水を飲ませている。

さらに30分。カジキは、もうラインを引き出さなくなった。わたしは、ゆっくりと船をバックさせる。マロイは、着実にラインを巻きとっていく。カジキが、船に近づいてきた。海中に入っているラインが、しだいに下を向いてくる。

「あと50メートルぐらい！」

下からクリスが叫んだ。彼はもう、グローヴを手にはめている。船べりから、海面をのぞき込んでいる。やがて、ダブルラインが海面から出てきた。そして、スイベル。リーダーが海面から出てきた。クリスが、リーダーを手に巻きつける。落ち着いた動作で、リーダーを巻き上げはじめた。

わたしは、船をデッド・スローで前進にしたまま、素早くデッキにおりた。フライ・ギャフを両手で握る。船べりにいく。カジキが、海面に上がってくるところだった。大きい。けれど、完全にバテている。魚体が横向きになっている。わたしは、その青黒い背中に、1本目のフライ・ギャフをかけた。

その20分後。やっとのことで、カジキは船に上がった。デッキにいる全員、何か叫びながら、腕ずもうのような握手。マロイと、見物していたワイフは抱き合っている。わたしは、仲間の船に無線を入れた。すぐに〈おめでとう〉のコールがたて続けに入りはじめた。

ハーバーに帰り検量すると、230キロあった。オアフ島では、なかなか釣れない大きさだ。すぐに、〈ハワイ・フィッシング・ニュース〉の連中がやってきた。吊《つる》したカジキと、わたしたちの写真を撮った。釣ったマロイにインタビューしている。

その記事は、翌月に出た〈ハワイ・フィッシング・ニュース〉に写真入りで掲載された。マロイ氏の談話。〈女性キャプテンも、若いデッキハンドも、実によかった。落ち着いていたし、指示もサポートも的確だったしね。だから、大物を釣り上げられた。最高にハッピーだよ〉。そのあとに記事は続く。〈デッキハンドのクリス・ハバートは、弱冠《じゃっかん》20歳。デッキハンドになって、まだ11ヵ月目だという〉そんな記事になっていた。

「ハイ、ヒロミ」

という声がした。わたしは、顔を上げた。きょう、チャーター客はいない。わたしは、ひとり船のデッキにいた。釣り針《フック》の先をヤスリでといでいた。声をかけてきたのは〈BANZAI《バンザイ》〉のキャプテン、リック・サカモトだった。リックは、〈おりいって話があるんだが〉と言った。わたしは、うなずいた。リックは、栈橋からうちのデッキに乗り移ってきた。

「カイルア・コナ？」

わたしは、思わずきき返していた。リックの話は、こうだった。ハワイ島のカイルア・コナ。そのハーバーに、昔から知り合いのキャプテンがいる。そのキャプテンから、電話がきた。彼は、あの〈ハワイ・フィッシング・ニュース〉の記事を目にしたらしい。そして、ちょうど若いデッキハンドを探している最中だという。

「そこで、ものは相談だが、あのクリスは、コナで本格的にカジキ相手のデッキハンドをやる気はないかな？」

とリック。あの記事を読んだコナのキャプテンから、わたしやクリスにきいてくれないかと頼まれたという。クリスが、コナのチャーターボートでやってみる気はないかどうかと……。

わたしは、うなずきながら、話をきいていた。ハワイ諸島の中でも、ハワイ島のカイルア・コナは、カジキ釣りの本場。〈カジキ釣りの聖地〉などとも呼ばれている。ほぼ一年中、カジキが釣れる。世界記録レベルの大物もよく釣れる。世界中から、カジキを釣りたい人間が集まってくる。そんなカジキ・フリークのために、コナのハーバーには、100艇をこえるチャーターボートが待機している。

コナとは、釣りをする人間にとって、そういう場所なのだ。そして、やはり、カジキは釣りをする人間にとって、永遠の憧《あこが》れ。ボートのキャプテンやデッキハンドにとっても、最大最強の相手だ。

そんなコナのキャプテンが、クリスに声をかけてきた。うちのデッキハンドとしてやってみないかと……。

リックは、さらに話を続ける。

「クリスを、デッキハンドとして育てたのは、ヒロミだ。そのことは、おれもよく知っている。だから、クリスがこの船から移る可能性は低いんじゃないかとコナのキャプテンには言っておいたけどね。でも、一応、ヒロミに話しておかないと……」

リックは言った。彼は、コナのキャプテンからきた話を、正直に、そのまま、わたしに伝えているらしい。

「で……もしクリスがその気になったら、コナの方では、受け入れてくれるの？」

きくと、リックは、うなずいた。

「一人前のデッキハンドとして仕事をさせるし、もちろんそれ相応の給料も払うと言ってたよ」

とリック。また、話を続ける。

「もし万が一、クリスがコナへいってしまったら、ヒロミは困るだろう。だから、そんなことになったら、うちのアルバートを使ってくれないか」

と言った。アルバートは、リックの船のデッキハンド。もうベテランだ。

「それじゃ、あなたの船は？」

「それが……おれは、この2、3年、腰の具合が悪くて、そろそろチャーターボートの仕事をやめようかと思ってるんだ。だから、もし、そういうことになったら、アルバートを使ってやってくれ」

リックは言った。その白髪まじりの髪に、ハワイの陽が射している。考えてみれば、彼は、もう60歳近くになるはずだ。チャーターボートのキャプテンをやっていくには、きつい年齢かもしれない。わたしは、そんなことを、ぼんやりと考えていた。

チクッと鋭い痛み。

わたしは、われに返った。といでいたフックの針先が、左手の人さし指に軽く刺さった。ほんの少し、血が出はじめている。わたしは、救急箱をとり出す。針先を刺したところに、消毒液をつけた。血は、すぐに止まった。動揺している。リックからきいた話に、動揺している。それで、ぼんやりとフックの針先をといでいたらしい。こんなミスをしたのは、久しぶりだった。指にバンドエイドを貼りながら、考えはじめていた。クリスのことだ。

クリスには、ずっと、うちの船でデッキハンドをやっていてほしい。それは、正直な思いだ。けれど、彼のためを思うと、迷う。悩む……。

うちの船は、ホノルルという観光地でのチャーターボート。〈何か釣れれば〉と思って乗ってくるお客がほとんどだ。けれど、コナは、カジキ釣りの本場。厳しいだろうけど、豪快でスケールの大きな釣りを毎日のように経験できる。そんなコナのキャプテンから声がかかったのは、チャンスといえる。あの230キロのカジキを釣って以来、クリスがよくカジキ釣りの専門誌を読んでいるのも、わたしは知っていた。

さて、どうする……。

3日間考え、クリスに話すことにした。ありのままに話すことにした。

チャーターの仕事が終わったあと、わたしたちは、ダウンタウンにあるヴェトナム料理店にいった。クリスと初めて夕食のためにいった店だ。

たいていのヴェトナム料理店がそうであるように、この店も、リカー・ライセンスを持っていない。つまり、酒類は置いていない。わたしたちは、BUDライトを持ち込んだ。メニューには漢字で〈牛丸〉と書かれている、肉ダンゴ入りのフォーを注文した。BUDライトを飲みながら、それを食べはじめた。ゆっくりと食べながら、わたしは話しはじめた。コナのキャプテンからきた話。それを、ありのままに話しはじめた。

さすがに、クリスは驚いた表情をしている。わたしは、つとめて淡々と、事実だけを話し続けた。やがて、話し終わった。わたしは、デザートに果物の龍眼《ロンガン》をオーダーした。皮のついた龍眼が出てきた。

「ヒロミは、僕にコナにいってほしいわけ?」

少し怒りをふくんだような口調で、クリスは言った。わたしは、龍眼の硬い皮をむきながら、

「そんなわけないじゃない。あなたには、ずっと、うちの船にいてほしい……。でも、これは、あなたにとって、ひとつのチャンスである。そのことも確かだと思うわ」

と言った。

「そんなに冷静に言えるってことは、僕のことを、それほど必要だと思っていないってこと？」

とクリス。そうくると思っていた。わたしは、つとめて感情をおさえる。

「そういうわけじゃないわ。でも、あなたは、なんといっても若い。新しいステップに挑戦してみるなら、いまかもしれない」

そう言った。それは、本当のことだった。もちろん、彼にそばにいてほしいという思いも本当のことだけれど……。クリスは、しばらく無言でいた。やがて、口を開いた。

「……わかった。考えてみるよ」

ぶすっとした口調で、そう言った。急に席を立つ。早足で店を出ていった。わたしは、ひとり、龍眼の皮をむいていた。自分の指先や龍眼の実が、涙でぼやけはじめていた。すぐに店をとび出し、クリスを追いかけたかった。そして、〈ずっと、そばにいて！〉と言いたかった。けれど、わたしは、じっと果実の皮をむき続けた。涙が一筋、頬をつたい、テーブルに落ちた。

「きのうは、ごめん。感情的になり過ぎてたし、子供みたいだった」

とクリス。翌朝、顔を合わせると言った。そして、

「コナの話は、きちんと考えてみるよ」

と、つけ加えた。わたしは、うなずいた。大事なことなんだから、時間をかけて考えるべきだ。自分が本当に納得できる答えが出るまで……。わたしは、そのことをクリスに言った。

その日は、オレゴン州からきたファミリーを乗せて海に出た。船の舵《かじ》を握りながら、思っていた。世界でも、最も孤独な職業の1つといえるボート・キャプテン。その孤独をまぎらわせてくれるのは、心の通い合ったデッキハンドだ。そう考えると、クリスには、いつまでも、うちのデッキハンドとしてやっていてほしい。けれど、そのために、彼の将来、彼の可能性を絶《た》つことは絶対にできない。それについて悩みはじめると、きりがなかった。結局は、本人の意志にまかせるしかないだろう。彼も、すで

に20歳なのだから……。

クリスも、悩んでいる。それは、はっきりと感じられた。海の上で、後方のルアーを見ながら……ハーバーに戻ってきて釣り道具の片づけをしながら……その表情が、快晴になることはない。どこか翳《かげ》った表情をしている。コナにいくか、ホノルルにとどまるか、悩んでいる。その悩みの中には、わたしとの関係もある。わたしとクリスの間には、あきらかに、男と女の感情が流れはじめていた。特に、あの大会で惨敗したあとのキス……あれからあと、わたしたちの間には、あきらかな恋愛感情が芽生《めば》え、しだいにふくらむのが感じられていた。クリスが、コナいきについて悩んでいる、その原因の1つには、それがあるようだった。

そんなクリスの気持ちを、大きく動かすようなことが起きた。

水曜日だった。その日のチャーター客は、白人の男女だった。男は中年。太って、色白。髪は少し薄くなりかけている。女の方は、30歳ぐらいだろうか。かなり派手なメイクをしている。香水がきつく匂った。〈どんな釣りがしたいの?〉と中年男にきくと、〈適当に〉という答えが返ってきた。

船を出す。15分ほど走り、小型のルアーを流しはじめた。ルアーを流しはじめて10分もすると、2人とも、クーラーのきいたキャビンに入ってしまった。

20分後、リールが鳴った。小さなマヒマヒが、後ろではねた。クリスが、キャビンに入っていく。30秒で出てきた。わたしのいるフライ・ブリッジに上がってきた。きけば、2人とも、キャビンで寝ているという。〈魚がかかった〉とクリスが言うと、〈適当に釣っといてくれ〉と中年男が言い、また寝てしまったという。わたしは、肩をすくめた。〈じゃ、巻いとけば〉とクリスに言った。クリスがデッキにおりる。リールを巻きはじめた。3分後。小さなマヒマヒをリリースした。

結局、チャーターしている午後2時まで、2人はキャビンから出てこなかった。ずっと寝ていた。中年男と愛人のハワイ旅行。それらしかった。前夜も、ベッドで情熱的な時間を過ごしたのだろう、夜ふけまで……。

それでも、船をおりるとき、中年男はごきげんだった。200ドルのチップをくれた。愛人らしい女の肩を抱き、岸壁を歩き去っていった。わたしは、チップの半分、100ドルをクリスに渡した。クリスは、ぶすっとした表情で、それをうけとった。

コナへいくことにした。

クリスがそう言ったのは、1週間後だった。わたしは、ゆっくりと、うなずいた。〈BANZAI〉のキャプテン、リックに、そのことを伝えた。リックが、すぐ、コナのキャプテンに連絡した。むこうは、いつでも歓迎する準備ができているという。クリスの出発は、2週間後に決まった。

クリスがコナへ発《た》つ前日。その日、チャーターの仕事は入れなかった。夕方から、船のデッキでワインを飲みはじめた。日が暮れると、キャビンに入った。わたしは、タグ・ホイヤーの腕時計をクリスに贈った。彼は喜んでくれた。いい雰囲気になり、わたしと彼は、その夜、ひとつになった。しっかりとした筋肉がついた彼の胸からは、ココナッツ・オイルの香りが漂っていた。わたしたちは、ひとつになりながら、何回も何回も優しいキスをかわした。

目が醒《さ》めると、朝の6時半だった。

キャビンに、クリスの姿はなかった。わたしは、服を身につけ、キャビンの洗面所で顔を洗った。ふと気づくと、テーブルに紙が置かれていた。船で使っているメモ用紙だった。そこに、青いボールペンで走り書きがしてあった。わたしは、それを手にとってみた。

〈あなたのおかげで
一人前の男に近づくことができた。
ありがとう。
サヨナラは言わないよ。

クリス〉

そんな、サラリとした文章だった。わたしは、小さくうなずいた。そのメモ用紙をテーブルに置く。キャビンからデッキに出た。朝の光が、斜めに射していた。ハーバーを渡る海風が、わたしの髪を揺らしている。
海へ出ようと思った。朝の海を、ひとっ走りしようと思った。わたしは、船のエンジンをかけた。舫《もや》いロープをほどいた。ハーバーの水路をゆっくりと抜け、海へ出た。それほど、スピードを上げなかった。約8ノットで、ゆっくりと走りはじめた。ブルーの絵の具を溶かしたような海に、朝の光が反射している。

わたしは、海風を大きく吸い込む。船の舵を握って、水平線を見つめた。クリスとのハロー・グッバイ……通り雨のようだった恋を、想い返していた。

そのとき、頭上でかすかなエンジン音がきこえた。視線を上げる。ホノルル空港から飛び立った飛行機が、高度を上げていくのが見えた。大きさからして、ジャンボジェットではない。オアフ島から、どこかの島へ飛ぶ、ハワイアン航空《エアー》らしかった。クリスは、朝早い便でコナに飛ぶと言っていた。もしかしたら、いま上空を飛んでいく飛行機が、それかもしれない。そうだとしたら、クリスは、窓からホノルルの海を見ているだろうか。どんな気持ちで、この海を見つめているだろうか……。二人でダブルの虹を見た、あの日を想い返しているだろうか……。

わたしは、眼を細め、上空の飛行機を見上げていた。機体が、朝陽をうけて光っている。それも、しだいに遠ざかっていく。小さくなり、やがて見えなくなった。

わたしは、再び水平線を見た。どこまでも広がっている水平線。わたしは、その水平線に船を向けた。船のスピードを、2ノット上げた。きつく唇を結び、背筋をのばし、船の舵《かじ》を握っていた。気持ちは、透明になっていた。船は、まっすぐ南に向かっている。船首から飛び散った水飛沫《みずしぶき》が、朝の陽射しをうけて、ダイアモンドのように光った。

愛はマスタード

「レイコ、今夜も残業かい？」

という声がした。わたしは、パソコンのキーボードから顔を上げる。ふり向いた。

このビルの警備員、フレッドが、ゆっくりと歩いてくるところだった。

金曜日。夜の9時過ぎ。ニューヨーク。パーク・アベニュー。オフィスビルの18階。

そのフロアーでは、わたしひとりが仕事をしていた。いつものように……。

「毎晩、大変だね」

とフレッド。このビルの警備員の中では、若い方だろう。三十代の前半に見えた。

背が高く、がっしりとした体格をしていた。といっても、いわゆるマッチョな感じはしない。ぱっと見は、ピークを少し過ぎたスポーツ選手といった雰囲気を漂わせていた。

いまは仕事中なので、紺の制服。プロ仕様のような大型の懐中電灯を手にしている。ウエストベルトには、振り出し式の警棒を差している。フレッドは、フロアーを見回した。異常なし。要領《ようりょう》の悪い女性社員が1人、パソコンに向かっているだけだ。

「まだ終わりそうもないのかい?」

とフレッド。わたしは、苦笑いしながら、うなずいた。この調子だと、あと1時間以上はかかるだろう。そのことを、フレッドに言った。フレッドは、うなずいた。

「そうだ。これから、ベルズまでサンドイッチを買いにいくけど、レイコは何かいるかな?」

と、きいてくれた。わたしは、そう言われて、空腹なことに気づいた。このビルから2、3分のところに、〈ベルズ〉というダイナーがある。そこのサンドイッチ類は、なかなか美味《おい》しい。

「じゃ、頼もうかな」

わたしは、フレッドに言った。5秒考える。ターキーとロメインレタスの入ったベーグル・サンド。マスタードを、たっぷり。それと、アメリカンコーヒー。フレッドに頼んだ。

「オーケイ」

とフレッド。微笑し、エレベーターの方に歩いていく……。

わたしの名前は、塚本礼子《つかもとれいこ》。名古屋に近い町で生まれた。父親は、大手自動車メーカーの社員だった。主に車を輸出するセクションで仕事をしていた。

わたしが小学校5年のときだった。父親がアメリカ勤務になった。アメリカで日本車を生産し、アメリカで販売する。その現地支社の責任者として転勤することになった。わたし、2歳下の弟、そして両親の4人は、デトロイトに引っ越した。父のアメリカ勤務は、何年間になるかわからなかった。

わたしは、まだ子供だったせいもあり、すんなりとアメリカ生活に慣《な》れていった。16歳ぐらいになると、英語も、ほぼ自由に話せるようになっていた。

やがて、ハイスクールを卒業。わたしは、同じミシガン州にある単科大学《カレッジ》に入り、2年半かけて卒業した。卒業後、父親の紹介もあり、いまの会社に入った。この会社は、いわゆる商社。日本とアメリカの合弁会社だ。日本製品をアメリカで販売する。逆にアメリカ製品を日本へ輸出する。そんな仕事をしている。

ニューヨークにあるこの会社に入ると決まったときは、少し嬉《うれ》しかった。20歳《はたち》を過ぎたばかりのわたしは、ごく単純に、大都市ニューヨークでの生活に憧《あこが》れていたのだ。会社からあまり遠くないレキシントン・アベニューに、アパートメントを借りた。そして、ニューヨーク暮らしが、はじまった。

ニューヨークでの生活の半分は、予想通りだった。街には活気がある。さまざまな人種が住んでいる。最新のファッション。しゃれたレストランやカフェ。それは、わたしが約10年を過ごしたミシガン州にはなかったものだ。

逆に、予想を裏切られた部分もあった。それは、仕事上のことだった。この会社の社員、その半分はアメリカ人。残りの半分は、アメリカで育った日系人だった。その同僚たちが、とにかく仕事に対してドライ。要領がいいとも言える。圧倒的に、仕事より、自分たちのプライベートを優先させていた。

だから、定時になると、さっさと帰っていく。まだ仕事が残っていても、気にする様子もなく帰っていく。たとえ急を要する状況になっても、それはあした。そんな調子だった。もちろん、土日の休日に出勤なんて、とんでもない。

わたしは、この商社の中でも、主に食品をあつかうセクションで仕事をはじめた。

そして、あるとき、そのセクションの責任者である日系人のロイ・田中に相談した。社員みんなが、あまりに、仕事に対してドライすぎないかと……。

ロイは、うなずき、わかってるよと言ってくれた。〈このままじゃいけないと、私も感じているよ〉と彼。そして、〈君は、いまやってるように、がんばってくれないか。それを見ているうちに、ほかの社員たちも気づくかもしれない。そう期待したいよ〉と言った。

その言葉は、多少、わたしを元気づけてくれた。ほかの社員にはかまわず、自分の仕事をやり続けた。

それは、3年ほど前のことだ。うちの会社で、ドッグフードとキャットフードをあつかうようになった。日本製のドッグフード、キャットフードを、アメリカで販売するというプロジェクトを立ち上げた。わたしは、そのプロジェクトの責任者《チーフ》に指名された。

そのとき、わたしは、まだ26歳。1つのプロジェクトをまかされるには、若すぎる年齢《とし》だった。けれど、それは、どうやら、ロイの決めたことらしい。〈レイコのように熱心に仕事をやっていれば、それなりの立場につくことができる〉と社員にアピールしたかったようだ。

わたしは、その仕事を引きうけた。ただキャリア・アップするからというのとは別に、ある理由があった。

アメリカで大量に売られているドッグフードやキャットフード。量が多いわりに安いものも多い。ただし、カロリーが高すぎるものも多い。安く買える肉を使った高カロリーのものが、けっこうある。その結果、メタボになってしまう犬や猫が多いことは、気づいていた。その点、日本製のものは、カロリー計算ができるようになっている製品も多い。それを上手にあげれば、犬や猫をデブにすることもない。犬や猫の寿命も、長くすることができる。

そこをきちんと伝えれば、日本製のドッグフード、キャットフードがアメリカで売れる可能性は大きいと思えた。やりがいのありそうな仕事だった。そして、わたしは、そのプロジェクトの責任者になった。

それから約3年。日本製のドッグフード、キャットフードは、まずまず順調に売れていた。けれど、問題はあった。わたしのスタッフが、働かないのだ。

わたしには、2人のスタッフがついていた。テッドという白人男性。サリーという日系人の女性。その2人とも、仕事熱心ではない。というより、スキがあれば、仕事の手を抜こうとする。できるだけ、仕事を他人に押しつけようとする。

それをカバーするのは、チーフであるわたししかいない。彼らは、与えられた仕事を、適当にこなし、定時になると帰っていく。あとに残った仕事は、わたしがやるしかない。孤軍奮闘《こぐんふんとう》という日本語があるけれど、いま現在のわたしは、まさにそれだった。

わたしに対して、かげ口をたたいている同僚がいる。それは、わかっていた。〈あんなにがんばって、どうなる〉〈馬鹿みたい〉〈社長になれるわけでもないのに〉〈要領が悪いのよね〉そんな、ひやかしが、社員の間でささやかれていることは、わかっていた。

けれど、それがどうしたというのが、わたしの気持ちだ。もともと、意地っ張りな性格なのかもしれない。日本での小学生時代も、最後まで1人で掃除当番をやっていたものだった。

そこまで思い返したとき、足音がした。フレッドが歩いてくる。

「お待たせ」

と言って、紙袋をわたしのデスクに置いた。代金をきくと、サンドイッチとコーヒーで、2ドル75セント。わたしは、それをフレッドに払った。紙袋を開く。サンドイッチにたっぷりと塗られたマスタードの香りが立ちのぼった。一瞬、ピリピリしていた心がなごんだ。わたしは、フレッドにお礼を言った。

「なんの」

とフレッド。やわらかく微笑した。

フレッドとよく口をきくようになったのは、2ヵ月ぐらい前からだ。その日は、確か金曜日だった。誰もが楽しい夜を過ごしているはずの金曜日。けれど、わたしは、残業をしていた。しかも、その最中に、デスクに顔を伏せ、居眠りしていた。金曜なので、1週間の疲れが出たんだろう。気がつくと、そっと肩を叩《たた》かれていた。目を覚ますと、フレッドがいた。〈居眠りすると風邪をひくよ〉と彼は言った。そして、ベルズから温かいコーヒーを買ってきてくれた。その優しさが、わたしの心に響いた。

それ以来、彼とは、よく口をきくようになった。このビルの警備員たちは、決まっているシフトにしたがって勤務しているらしい。例外はあるけれど、フレッドは、午後から深夜にかけての勤務が多いようだ。だから、どうしても、残業しているわたしと話すことが多くなる。ひとりで残業しているとき、巡回してくるフレッドと短い言葉をかわすのは、一種、いい気分転換になっている。

「お疲れさま、レイコ」

とフレッドが言った。夜の10時半。わたしは、仕事を終え、ビルを出ようとしていた。この時間だと、ビルの裏口から出ることになる。裏口には、警備員がつめているスタッフルームがある。各階のモニター・カメラから送られている画像が、ずらりと並んでいる。スタッフルームには、いま、フレッドと、もう1人、ダンという警備員がいた。フレッドが、わたしに笑顔を見せて裏口を開けてくれた。

「さっきは、サンドイッチ、ありがとう」

「どうってことないさ」

と言葉をかわし、わたしは裏口を出ていく。

地下鉄の駅に向かって、歩きはじめた。もう、秋は後半に入っている。ひんやりとした風がわたしをつつんだ。風の中に、少し湿った植物の匂いが感じられた。意外に思う人がいるかもしれないけれど、ニューヨークには樹木がけっこう多い。セントラル・パーク以外にも、ちょっとした並木になっている通りもかなりある。そんな葉っぱの匂いをかぎながら、わたしは、地下鉄の駅に向かって歩いていく。そのとき、バッグの中で小さな着信音。わたしは、携帯電話をとり出した。予想通り、リチャードからだった。

「もう、仕事は終わり？」

と彼。わたしは、駅に歩いていると答えた。

「急な話なんだけど、あした、土曜の夜は、あいてないかな？」

とリチャード。たまたま、ブロードウェイ・ミュージカルのチケットが手に入ったという。もし君がよければ一緒に……という誘いだった。

「お誘いは嬉《うれ》しいんだけど、あしたはちょっと……」

わたしは答えた。

土曜というのは、わたしにとって、特別な日だ。自分では〈だらだらデイ〉と呼んでいる。月曜から金曜まで、目一杯に仕事をしている。先発して9回まで投げた大リーグのピッチャーのようなものだ。だから、土曜は、ひたすら、休養にあてる。まず、昼近くまで寝る。起きたら、ぬるめのバスにつかる。アロマ・オイルをたらしたお湯に、1、2時間はつかって体と神経を休める。ご飯も、冷蔵庫にあるレトルト食品ですませる。ひたすら、静かに、自分を休ませる日だ。いくらリチャードの誘いでも、それは変えられない。わたしは、〈ごめんね〉と言って電話を切った。

「あれ？　きょうは仕事終わり？」

わたしは、フレッドにきいた。翌週の月曜日。夜の10時。わたしは残業を終えて、オフィスを出ようとしていた。いつも通り、警備員のスタッフルームに顔を出した。すると、フレッドが警備員の制服から私服に着がえていた。フードのついたグレーのパーカー。ジーンズというスタイルだった。

わたしが〈仕事終わり？〉ときくと、フレッドはうなずいた。仕事のシフトが少し変わったという。これからしばらくは、夜の10時で彼の仕事は終わることになったと言った。

「駅まで一緒にいこうか」

とフレッド。わたしは、うなずいた。一緒にビルを出た。

歩きはじめてすぐ、

「ねえ、お腹すいてない？」

わたしは言った。きょうも、夕方、軽くドーナツをつまんだきりだ。オフィスを出たとたん、ひどい空腹を感じた。自分の部屋に帰っても、今夜はレトルト食品さえ切らしている。

「じゃ、とりあえずベルズにいこうか」

フレッドが言った。わたしはうなずく。そのまま、ベルズに向かった。2、3分で着いた。ベルズは、深夜までやっているダイナーだった。夜遅くなると、タクシー・ドライバーや警官が、よくやってくる。

けれど、いま、お客はいなかった。店主のベルが、カウンターの中で、ニューヨーク・タイムズを広げていた。ベルは、もう六十代の後半だろう。痩《や》せて白髪。老眼鏡をかけて新聞を読んでいた。かなり古ぼけたラジオから、低いボリュームで天気予報が流れていた。アメリカ北東部の明日は晴れ時どき曇り、そんな予報がかすかな雑音まじりに流れていた。

わたしとフレッドは、カウンター席に並んで腰かけた。店主もラジオも古ぼけていたけれど、ステンレスのカウンターはピカピカに磨かれていた。

フレッドは、ハンバーガーをオーダーした。そして、マスタードをたっぷりと言った。ベルが、うなずく。わたしは、いつも通り、ターキーとロメインレタスをはさんだベーグル・サンド。そして、マスタードたっぷりねと言った。

これには、理由がある。この店は、ごく大衆的なダイナーだ。メニューも、ハンバーガーと、サンドイッチが何種類か。コーヒーも、特においしいわけではない。けれど、ここで使っている粒《つぶ》マスタードだけは特別だ。店主のベルが、自分でつくっている。毎日、必要な量をつくっているという。

その粒マスタードのせいで、安い肉を使ったハンバーガーも、淡白なターキーのスライスも、ちょっとしたものになる。だから、店に客はたえない。

天気予報が終わり、ラジオからはベン・E・キングの〈Stand By Me《スタンド・バイ・ミー》〉が流れはじめた。オーダーしたものが出てきた。わたしとフレッドは、食べながら、話しはじめた。

主にフレッドが質問し、わたしが答える。生まれは？　子供の頃は、どんなだった？　初恋は？　などなど……。わたしは、できる限り正直に答えた。少し心のやすらぐ夜がふけていく……。

フレッドとの遅い夕食は、それからも続いた。彼の仕事が終わるのが、夜の10時とわかっている。わたしは、残業するとき、10時前後で終わるようにしはじめた。たとえば、9時40分に仕事が終わると、資料の片づけなどして少し時間をつぶす。そして、10時ジャスト、フレッドと一緒にビルを出る。

いき先は、ベルズだ。カウンター席でハンバーガーやサンドイッチを食べながら、気軽な話をした。フレッドは、とても落ち着いた話し方をする。年齢をきいたら32歳だという。けれど、やや低目の声、物静かな口調で話す。そのことは、神経を使う1日の仕事を終えたわたしにとって、一種の心地良さを感じさせるものだった。

ただひとつ、彼の出身をきいたときは、意外な反応が返ってきた。彼は、シカゴの出身だという。〈シカゴで仕事をしていて、ニューヨークに移ってきた〉と彼は言った。珍しく硬い口調で、それだけ答えると、無口になった。それ以上、話したくないようだった。

シカゴ出身という彼の経歴に、何があるのだろう……。そのことは、小さな棘《とげ》のようにわたしの心に消え残った。そして、物静かな彼の表情に、ときおりよぎる翳《かげ》りのようなものにも、わたしは気づいていた。彼の過ごしてきた32年間が、平坦《へいたん》なものでなかったことは、漠然《ばくぜん》とだけど感じられた。

考えてみれば、彼はまだ32歳という若さだ。体もがっしりしていて、体調も良さそうだ。そんなフレッドが、ビルの警備員という、地味で、たぶんあまり給料がいいとは思えない仕事をしている……。そのことも、ひとつの謎として、わたしの中に芽ばえていた。

「感謝祭《サンクスギビング》の予定は？」

とリチャードが携帯電話できいてきた。水曜日の午後だった。

リチャードと出会ったのは、仕事を通じてだった。日本製のペットフードを、アメリカで販売する。そのためには、宣伝が必要だった。ペット雑誌に広告を出すことが必要とされていた。

ニューヨークの中心部、マディソン・アベニューにある広告代理店に声をかけた。マディソン・アベニューは、日本で言えば銀座や青山というところだろうか。大手の広告代理店が集まっている。

その中でも、まずまずの業績を上げている大手の広告代理店に、わたしは声をかけた。〈ジェイソン・アンド・バリー〉という広告代理店。略してJB社という。

JB社からは、3人がやってきた。わたしの説明をきき、広告展開の打ち合わせをはじめた。その3人の中で、一番若いのがリチャードだった。若いけれど、会社での肩書きは一番上だった。アカウント・エグゼクティヴ。いわば、重役クラス。

JB社とつき合いはじめて、半年ほどしてわかった。リチャードは、社長の息子だったのだ。その頃、33歳ぐらい。背が、すらりと高い。金髪。ハンサム。いつも明るい色のネクタイをしめている。育ちのよさを感じさせた。

リチャードは、役員クラスの人なので、広告制作の現場には顔を出すことが少ない。2人いる担当者が、うちの広告づくりをやってくれていた。

ペットフードの売り上げが、まずまずの数字になった頃だった。リチャードから食事に誘われた。あの〈バーニーズ〉の近くにあるフレンチ・レストランにいった。まず、広告展開を含め、ペットフードの売り上げに、シャンパンで乾杯をした。

リチャードは、名門コロンビア大学の出身だという。学生時代は、バスケットボールの選手だった。いまこっているのはヨット。〈近いうちに、乗りにこないか〉と言ってくれた。

それからも、月に1回ぐらい、リチャードから食事に誘われた。すでに、ペットフードの売り上げは、安定しはじめていた。だから、仕事の話は、ほとんどなし。主に、お互いのプライベートな話をした。早い話、デートのようなものだった。

リチャードが、わたしのどこを気に入ったのかは、わからない。とにかく、デートに誘われることは確かだった。ときには、オペラやミュージカル。ときには、ヤンキースの試合。ときには、NBAのバスケットボールなど……。

ついこの前の夏は、ロング・アイランドにある別荘に招《よ》ばれた。マンハッタンのすぐ近くにある高級別荘地、ロング・アイランド。その南岸、ファイヴ・タウンズに大きな別荘があった。ゲストルームが5つもある、コロニアル風の建物だった。たまたま、リチャードの妹の誕生日ということもあり、彼の家族が集まっていた。そこへ、〈リチャードの親しい女友達〉という感じで、わたしは招かれた。

海岸に面した別荘には桟橋《さんばし》があり、ヨットが舫《もや》われていた。約束どおり、リチャードは、わたしをヨットに乗せた。2人で、1時間ほどクルージングをした。ヨットの船首が水を切る音が、心地良かった。夏の陽射しがまぶしく、頭上ではカモメが風に漂っていた。

遅い午後。庭で食事がはじまった。まっ白いテーブルクロスの上に、木立ちの影が揺れている。皿を運んでくるのは黒人のメイドさんだった。リチャードのパパも、ママも、品のいい人だった。どうやら、わたしを歓迎してくれている雰囲気だった。シャンパンやワインのボトルが、あいていく。そこそこ飲んだところで、リチャードのパパが口を開いた。

「リチャードは、のんびりし過ぎているところがある。が、広告業界は、競争の激しいところだ」

とパパ。そして、わたしを見た。

「あなたのような、しっかりした女性が、パートナーになってくれれば、申し分ないんだがな……」

と言った。このとき、わたしにもわかった。わたしの仕事ぶりなどが、リチャードから両親にも伝わっていること。さらに、リチャードのワイフの候補として、わたしが見られていること。それが、はっきりと、わかった。わたしも、もう29歳。結婚を考えるのは自然な年齢といえる。リチャードは、知的で優しくハンサム。いずれは、大手広告代理店の社長になるのだろう。結婚相手として、文句のつけようがない。

けれど、いま、わたしは仕事に熱中している。すぐに結婚……と言われても困ってしまう。もうしばらく時間がほしい……。それが正直な気持ちだ。それでも、リチャードとのデートは月に1、2回のペースで続いている。

そして、〈感謝祭《サンクスギビング》〉。普通、この日は家族が集まって過ごす。七面鳥《ターキー》の丸焼きをみんなで食べるのが、アメリカでの典型的な過ごし方だ。

「もしレイコがよければ、うちにこないか。両親や妹も、君にきてほしがっているよ」

リチャードは言った。わたしは、お礼を言い、たぶんいけると思う、と答えた。サンクスギビングは、11月の第4木曜日。仕事で急用でもできなければ、いけるだろう。

ところが、11月の第3火曜日。とんでもないことが起こった。朝、わたしは会社にいきパソコンを立ち上げた。すると、LA《ロス》支社のマーク・沢田からメールがきていた。メールのタイトルには、〈緊急〉の文字があった。

わたしは、嫌《いや》な胸さわぎをおぼえながら、メールを開いた。メールの内容をひとことで言ってしまうと、こうだ。LAに住んでいるメキシコ人の中年女性。その飼い犬が、日本製のドッグフードを食べ、中毒死したという。その記事が、タブロイド版の新聞に載ってしまったという。

添付されているファイルを開く。新聞のページがあった。泣きそうな顔で何かを訴えているメキシコ人の中年女の写真。そして、〈ドッグフード〉と〈中毒死〉という文字が目にとび込んできた。

拡大して、記事を読む。そのメキシコ人が飼い犬に日本製のドッグフードをあたえた。その1時間後、犬は嘔吐《おうと》をはじめ、体を痙攣《けいれん》させはじめた。しばらくして、死んでしまったという。そのドッグフードの製品名が書かれていた。それは、わたしの会社で販売している日本製のものだった。

わたしは、時差があるのもかまわず、LAのマーク・沢田に電話をかけた。彼は、電話に出た。声が緊張している。

〈これ、本当の話なの？〉わたしは、切迫した口調できいた。〈なんとも、わからないな〉とマーク。この記事が出てすぐ、彼は、そのメキシコ人の家をつきとめ、急行したという。そういう対応については、マークはできる男だった。

〈ところが、相手はインターフォンごしにしか話をしないんだ〉と彼。〈じゃ、犬に食べさせたドッグフードの残りも回収できず？〉と、わたし。〈まるでダメだね。製品名を言うばかりで、ドアを開けようとしないんだ〉マークは言った。

〈その死んだ犬は、獣医師にかかってたの？〉と、わたし。〈いや、獣医師にはかけていなかったというんだ。そこで、近所の人の話をきいたら、そのメキシコ人の家で犬を飼ってたのは本当らしい。散歩させてるのは見たことがあるという。それ以外、何もわからない〉とマーク。〈それじゃ、本当に飼い犬が死んだのかどうかも、わからないじゃない〉わたしは言った。

〈ああ、そうだ……。これは、推測に過ぎないが、風評被害を狙った一種のテロかもしれないな〉とマークは言った。

　われわれが販売している日本製のペットフードは、順調に売り上げをのばしている。そのことに、危機感を持ったアメリカのペットフード会社が仕組んだスキャンダルではないか。マークは、そう言った。

飼い犬が死んだと言っているメキシコ人の家は、貧しげだったという。そういう相手なら、数百ドルで話にのるだろう。つまり、話をでっち上げるのに加担するだろう。〈確かに、本当に飼い犬が死んだのかどうかも、わからない。けど、とにかく、新聞に記事が出てしまったというのは、まずいな。これが、ほかにも飛び火しなけりゃいいんだが……〉とマークは言った。

マークの心配は、現実になった。そのニュースは、アメリカ全土にひろまっていった。さすがに、大新聞は、とり上げない。けれど、アメリカのあちこちにある地方紙が、そのことを報道しはじめた。〈日本製ドッグフードで、愛犬が中毒死〉という内容だ。多くの地方紙が、〈中毒死か？〉という記事になっている。けれど、一般の読者にとって、その〈？〉はないようなものだ。〈日本製のドッグフード〉と〈中毒死〉という言葉だけが頭に残る……。
4、5日すると、ドッグフードの返品がアメリカ全土のスーパーからきはじめた。来月からの入荷は中止するという店もあった。

わたしは、すでに日本のメーカーに確かめていた。そのドッグフードで事故が起きたケースは1件もないことを確認していた。そして、メールやFAXを送りはじめた。〈このドッグフードで、中毒などが起きたケースは全くない〉〈したがって、今回のことは何かの間違いではないか〉。そんな内容をソフトな表現にして、全米のスーパーなどに送った。

けれど、この風評被害に、ストップはかけられなかった。ドッグフードは、返品が続いていた。しばらくは販売しないという店も、かなりある。わたしは、その風評被害と、必死で闘っていた。毎日、全米のスーパーと、マスコミ対策に追われていた。

わたしのスタッフ2人は、そのことをあまり重大に感じていないようだった。いつも通り、定時になると帰っていった。そして、上司のロイ・田中は、〈あまり深刻に考え込むなよ〉と言って、わたしの肩を叩《たた》いた。〈風評被害は、時がたてばおさまる。それに、キャットフードがあるじゃないか〉とも言った。

確かに、うちの会社であつかっているドッグフードは、風評被害をうけて、悪者になっている。けれど、キャットフードは、その被害をうけていない。実際、うちであつかっている日本製のペットフード、その60パーセントがキャットフードで、残る40

パーセントがドッグフードだ。かりにドッグフードから全面撤退しても、うちのセクションは、なんとかやっていける。〈その方が、残業も減るんじゃない？〉と言う同僚もいた。

けれど、問題は、そんなことじゃない。このペットフードの販売事業は、わたしが苗から育てあげた木のようなものだ。その木の枝を、誰かがポキッと折っていった。わたしにとっては、そう感じられた。いま、その折れた枝を、なんとか生き返らせようとしている……。そんなわたしの気持ちは、誰にもわかってもらえていない、誰にも……。心の中を、ニューヨークのビル風のような冷たい風が吹き抜けていく。

毎日、必死な様子で仕事をしているわたしに、〈大丈夫、あなたは強い人だから〉と言ってくる同僚もいた。けど、わたしは心の中で叫んでいた。〈わたしは強くなんかないんだよ！　強い人間になりたいけど、いまはただ、ジタバタともがいてるだけなの！〉そう、心の中で叫んでいた。

〈西海岸では、先週だけで合計18のスーパーから返品があり〉そんなマークからのメールが、パソコンの画面にあった。わたしは、大きくため息。そのメールを閉じた。

心が、押しつぶされそうになっていた。

わたしは、時計を見た。夜の9時過ぎ。きょうは、もう、やめにしよう。わたしは、パソコンをシャットダウンした。立ち上がり、コートを着た。エレベーターに向かう。

警備員のスタッフルームに、フレッドの姿はなかった。ビル内を巡回しているのかもしれない。ジョージという年配の警備員が、裏口を開けてくれた。


「大変なことになってるんだってな」

とベル。わたしが、カウンター席につくと言った。うちの会社の連中も、ランチにはよくこのベルズにくる。当然、ドッグフードの件もベルは知っているだろう。わたしは、苦笑しながら、うなずいた。あらためて、メニューを見た。このダイナーには、軽いアルコールは置いてある。一杯飲みたい気分だった。いや、飲まずにはいられない感じだった。わたしは、ハイネケンとフライドポテトをベルに頼んだ。

ハイネケンのボトルとグラスが先に出てきた。わたしは、グラスにビールを注ぎ、飲みはじめた。ひさしぶりに飲んだアルコール。急速にしみ込んでいくのがわかる。すぐに、1本を飲み終えた。つぎの1本をベルに頼んだ。2本目のハイネケンは、フライドポテトと一緒に出てきた。わたしは、ポテトをつまみながら、2本目のビールを飲む。ふと気がつくと、涙があふれていた。頰をつたって、カウンターに落ちた。涙は、つぎつぎと頰をつたう。磨かれたステンレスのカウンターに落ちた。

「つらそうだな……」

ベルが、カウンターの中で洗いものをしながら言った。わたしは、うなずいた。泣きながら、苦笑する。

「ほんと、死にたいほど……」

と、泣き笑いの表情で言った。ベルも微笑を浮かべ、うなずいた。

「まあ、人生ってのも、一種の戦場みたいなものだから、いつどこから流れ弾《だま》が飛んできて負傷させられるか、わかったもんじゃないな……。そんなことを言ったら、あの警備員のフレッドなんて……」

そこまでベルが言ったときだった。

「この、おしゃべりおやじ」

という声がした。ふり向く。フレッドが店に入ってきたところだった。仕事を終えてきたらしい。スタジアム・ジャンパーを着て、ストレートジーンズをはいている。

ゆっくりと、カウンター席に歩いてくる。わたしのとなりに腰かけた。わたしは、カウンターにあるペーパー・ナプキンで、涙で濡《ぬ》れている頬を押さえた。

「おれは、バドワイザー。それと、ターキーのサンドイッチ。もちろん、マスタードをたっぷり」

「……珍しいわね……」

わたしは言った。確かに、珍しいことが2つあった。まず、フレッドがビールをオーダーしたこと。それともう1つ。フレッドは、いつもハンバーガーを注文する。それが、今夜は、ターキーのサンドイッチ。わたしが不思議そうな顔をしていると、

「だって、きょうはサンクスギビングだぜ」

フレッドが言った。言われて、わたしも気づいた。きょうは、11月の第4木曜。サンクスギビングだった。わたしは、バッグから携帯電話をとり出した。着信記録を見る。

リチャードからの電話が着信していた。3日前から、合計4回ほど電話がきていた。

わたしは内心、しまったと思った。サンクスギビングには、彼の家に招《よ》ばれていた。そのことを確かめるための連絡だったんだろう……。けれど、もう、夜の10時過ぎ。

仕方ない。本当に、目がまわるほど忙しかったんだから……。リチャードには、明日でも連絡してあやまろう。

「お待ちどお」

とベル。フレッドとわたしの前に、ターキーのサンドイッチを置いた。普通の家なら、家族が集まってターキーの丸焼きを食べる。けど、わたしたちは、薄く切ったターキーのサンドイッチ。これはこれで……。わたしたちは、ビールのグラスでサンクスギビングに乾杯。神への祈りなどおかまいなし。サンドイッチを食べはじめた。粒マスタードがたっぷり塗られたターキー・サンドは、おいしかった。

「ところで、さっき、ベルが言いかけたことだけど……」

と、わたしは口を開いた。勘定を払って、ベルズを出たところだった。歩きはじめたところで、わたしはフレッドにきいた。さっき、ベルが言いかけていた〈あの警備員のフレッドなんて……〉。その意味を、知りたかった。わたしがそう言うと、フレッドは、何秒か考える。そして、

「少し歩こうか」
と言った。わたしは、うなずいた。今夜は、11月の末にしては、あまり寒くない。
わたしとフレッドは、ゆっくりと、歩きはじめた。この時間のパーク・アベニューに、
人の姿は少ない。ところどころに、まだやっているバーやカフェの明かり……。そん
なパーク・アベニューを、わたしたちは、ゆっくりとした足どりで歩きはじめた。
「前にも言ったと思うけど、おれは、シカゴで生まれ育った」
フレッドが、静かな口調で言った。彼は、野球の好きな、ごく普通の少年として育
ったという。
「将来の夢は、〈ホワイトソックス〉の選手？」
わたしは、きいた。〈ホワイトソックス〉は、シカゴのホームチームだ。フレッド
は、苦笑い。
「確かに、子供の頃はそうだったな……。だけど、ハイスクールに通っている頃から、
警官になろうと思いはじめたよ」
「警官？　何か、理由があって？」

「最初は、テレビドラマの影響だったと思う」

とフレッド。軽く苦笑い。そうしているうちに、近所に住んでたおばさんが街で引ったくりに遭《あ》ったという。フレッドが子供だった頃、よくキャンディなどをくれたおばさんだったらしい。おばさんは、数十ドル入ったバッグを引ったくられ、道路に転んだ。そのとき、膝《ひざ》にひどいケガをしてしまったという。シカゴは、犯罪の多い都市だ。

「おまけに、いま思えば、おれは正義感の強いティーンエイジャーだったのかもしれないな……。自慢にはならないが……」

フレッドは、苦笑まじりに言った。歩いているわたしたちの足もと。ちぎれた金色のテープが落ちている。きょうは、サンクスギビング。昼間は、にぎやかなパレードもおこなわれたのだろう。空《から》のタクシーが、道路をゆっくりと走っていく。

「結局、おれは、本当に警官になろうとしたよ」

とフレッド。ハイスクールを卒業すると、ポリス・アカデミー、つまり警察学校に入ったという。そこでの成績は、かなり優秀だったらしい。そして、彼は、警官になった。ポリスカーでシカゴの街を巡回する仕事から、はじめたという。

仕事熱心だったフレッドは、2年半で、市警でも凶悪犯や犯罪組織に対応するセクションに入れられたという。

「あれは、おれが28歳のときだった……」

フレッドは言った。彼が28歳だった頃、シカゴでは、麻薬をあつかう犯罪組織《シンジケート》の活動が活発化したという。麻薬といえば、主に中南米が原産地。アメリカ本土では、特にマイアミあたりが、その取引きの中心になっていると、よく報道されていた。

ところが、マイアミの麻薬組織は警察やFBIの取り締まりによって、弱体化していったらしい。その分、シカゴなどでも、麻薬をあつかう犯罪組織がさかんに動き出したという。

「あのときも、確か、11月だったな……。シカゴも、かなり寒くなっていた」

フレッドが言った。そんな犯罪組織の隠《かく》れ家《が》の1つを、警察はつきとめたという。街はずれにある自動車の解体屋。その事務所が、組織のアジトになっていると特定できたらしい。その日の遅い午後、フレッドが所属する警察の特殊部隊はアジトを包囲し、警告し、そして突入した。まず、催涙弾を撃ち込み、ゴーグルとマスクをつけたフレッドたちは突入した。たちこめる催涙ガスの中、相手は銃撃してきた。

「情報では、そのアジトにいる全員が銃で武装しているとされていた。銃撃戦になったら、相手を射殺することもやむをえないと言われていた」

とフレッド。催涙ガスの中で、激しい銃撃戦が続く。そのとき、敵の1人が、フレッドに銃を向けたという。ほぼシルエットになっているその相手を、フレッドは撃ち、相手は倒れた。

15分ほどで、銃撃戦は終わった。組織の2人が投降。残る何人かが、銃弾をうけて倒れていた。警官も、1人が銃弾をうけていた。銃撃の終わった現場に、何台もの救急車がくる。負傷した人間の手当てをはじめた。

現場には、犯罪組織の人間が5人ほど倒れていた。その中には、フレッドが撃った人間もいた。よく見れば、それは、まだ子供っぽい顔をした少年だったという。

「あとでわかったんだが、14歳の少年だった。右手には拳銃《けんじゅう》を握っていたが……」

とフレッド。静かな声で言った。少年は、フレッドの弾丸をうけ、即死の状況だったという。ティーンエイジャーが犯罪組織に入る、あるいは犯罪組織をつくる、つまり少年ギャングは、全米の問題になっている。フレッドが撃ったのも、そんな少年の1人だったのだろう。けれど、シカゴのマスコミが、そのことを問題にしはじめた。

14歳という年齢に、インパクトがあったのだろう。

警察のやり過ぎではないかという意見が、メディアに流されるようになった。その少年に犯罪歴がなかったことも、それを後押しする理由になったらしい。フレッドは、少年を射殺した警官として、テレビカメラの前に立たされたという。

「おれは、その時の緊迫した状況を、ありのままに話した。問題は、それより、市警察の上層部が、それを、おれ一人の責任にしようとしたことだった……」

とフレッド。警察の上層部は、とにかく〈現場の判断〉の一点ばりだったという。自分たちの身を守るために……。突入を指揮した上司さえ、〈子供まで撃てとは指示していない〉と発言したらしい。

その後、少年の体内から麻薬の成分が検出されたり、少年が家族に暴力をふるっていたことが判明し、マスコミの追及も、尻《しり》すぼみになっていった。

けれど、フレッドの心には、2つの大きな傷が残されてしまった。まず、犯罪組織の一員だったとしても、14歳の少年を射殺したこと。そして、それを市警察が彼だけの責任にしようとしたこと……。フレッドの中に、警察というものに対する不信感が、ぬぐい去れないほどきざみ込まれてしまったという。

「……その5ヵ月後。おれは、バッジをはずし、警察を退職したよ」

彼は言った。すでに、シカゴに住んでいることにも、嫌気がさしていた。少年を殺した警官というイメージはまだ残っていた。彼の家族にも、それは重荷になっていたという。フレッドは、シカゴを去りニューヨークにやってきた。警備員としての仕事についたという。

オハイオ州のナンバーをつけたセダンが、ゆっくりと道路を走り去っていった。その遠ざかるテールライトを見つめながら、わたしは、考えていた。フレッドの表情に、ときおりあらわれる翳《かげ》りのようなもの……。その理由が、かなりわかったと思った。そして、彼が、心にかかえ込んでいる傷の深さ……。わたしには想像もできない過去の重さ……。それについても、思いをめぐらしはじめていた。ふと、彼が口を開いた。

「ほら、ベルズのおやじ……」

「ベルのこと？」

「ああ……。やつは、若かった頃、ヴェトナム戦争にいってたらしい。それで、いまでもよく言うのさ。どこだって、ヴェトナムのジャングルと同じ。いつ、とんでもない所から流れ弾が飛んでくるか、わかったものじゃないって……」

とフレッド。わたしは、うなずいた。

「さっき、わたしにも言ってたわ……」

「そうか……。やっぱりな……。でも、あのおやじが言ってることは、まんざら、はずれてはいないのかもしれない……」

「……人生が戦場のようなものってこと？」

「まあ、そんなところかな……とにかく、人間、生きてれば、いろんな目に遭《あ》うってことだな……」

あい変わらず淡々とした口調で、フレッドは言った。その言葉は、自分のシカゴでの経験を語っているようでもあり、間接的に、わたしをなぐさめてくれているようでもあった。たぶん、そうなんだろう。彼らしいやり方で、わたしをなぐさめてくれているに違いなかった。

〈マックス・カフェ〉という小さな店の前を通りかかった。カウンターだけの店内。初老の白人男性が、ひとり、背中を丸めて何か飲んでいた。その店の前を、わたしとフレッドは通り過ぎた。気がつくと、わたしたちは手をつないでいた。彼の手は、がっしりとしていて、温かい。

気がつくと、わたしが住んでいるアパートメントの前にきていた。もう深夜なので、人通りもほとんどない。12階建てのアパートメント。その玄関の前。

「じゃ……元気を出して」

とフレッド。わたしの肩をそっと抱いた。わたしは、彼の厚い胸に、額《ひたい》を押しつけた。2、3分の間、そうしていた。やがて、わたしは顔を上げた。彼の頬に短いキスをした。

「ありがとう。おやすみ」

それだけは、しっかりとした声で言えた。わたしは、アパートメントの玄関に歩いた。

「ドッグフードから撤退?」

わたしは、思わず、きき返していた。5日後の社内。上司のロイ・田中が、自分の部屋にわたしを呼んだ。そして言った。無期限で、ドッグフードの販売から撤退すると言った。もちろん、わたしは反論した。例の風評被害も、おさまりはじめていた。返品も減少してきていた。もう少しがんばれば、なんとかなるはず……。そう言って、

反論した。けど、

「レイコ、君の気持ちもわかる。でも、これは、私より上の役員会議で決まったことなんだ。残念だが、この決定は、くつがえらないよ」

とロイ。

「まあ、キャットフードで、がんばればいいじゃないか」

と言った。そして、わたしのスタッフであるテッドを、別のセクションに移すという。となると、わたしのスタッフは、サリーだけということになる。キャットフードをあつかうだけなら、それでやっていけるだろう、と、ロイは言った。早い話、わたしのペットフード・チームは縮小ということになるらしい。

わたしは、足もとの小石をひろい上げた。それを、思いきり池に投げた。小石は、30メートルぐらい先の水面に落ちた。小さな飛沫《しぶき》が上がる。波紋が、水面にひろがっていく。

「いいフォームだ。〈ヤンキース〉の入団テストでもうけてみるかい？」

と、そばにいるリチャードが言った。日曜日。午後2時。セントラル・パーク。わたしとリチャードは、散歩していた。晩秋というより初冬の、透明で淡い陽が射していた。ジョギングしている人たちも、もう、ショートパンツではない。風を通さない素材のロングパンツをはいている。〈GAP〉のロゴが入ったスウェットを着たランナーが、ゆっくりと、すれちがった。

「君の気持ちは、わかるよ。ドッグフードから撤退したのは、残念だった。もし僕が君の会社の役員だったら、その決定はしないな。ミス・ジャッジだと思う」

とリチャード。

「じゃ、そう言ってやってよ。うちの会社のバカな役員たちに」

わたしは、なかば苦笑しながら言った。リチャードも、ただ苦笑いしている。しばらくして、口を開いた。

「そこで、これは提案なんだが、いまの会社をやめて、うちにくる気はないかな？」

「……あなたの会社に？……」

「ああ、そうだ。君の能力とか、どれだけがんばり屋だとか、その点は、十二分にわかっているよ。だから、マーケティング部のシニア・ディレクターとして、君を迎え入れる準備がある」

彼は言った。マーケティング部というのは、市場の動向を調べたり、消費者が何を求めているかを調べたりするセクション。広告代理店の中でも、重要な仕事だ。

「それで、シニア・ディレクターっていう立場は、どんなものなの？」

「とりあえず、君には、20人ほどのスタッフがつく。そのチームでの決定権は、基本的に君が握ることになるな」

リチャードは言った。わたしは、〈へえ……〉と思っていた。それは、もちろん、リチャードが決めたことなのだろう。が、もちろん異例といえるだろう。29歳の女性社員が、大手の広告代理店で、20人のスタッフをかかえたチームのトップになる……。それは、普通では、まず考えられないことだろう。

「これは、ジョークでもなんでもなく、本気の提案なんだ。すぐに決めろとは言わないが、本気で考えてくれないか」

リチャードが言った。わたしは、前を向き歩きながら、うなずいた。意外な話に、かなりとまどっていた。

「何回言ったらわかるのよ」

わたしは、スタッフのサリーに言った。彼女が、またミスをやらかした。オレゴン州のスーパー22店舗。そこへ出荷するキャットフードの数量を、まちがえた。22店舗のうちの13店舗へ、まちがえた数量を出荷してしまっていた。50ケース出荷しなければならないところへ、5ケースしか出荷していなかった。60ケース出荷するところへ、6ケースしか出荷していなかった。つまり、ゼロを1つ、つけ忘れていた。それが、13店舗にもおよんでいた。

「とにかく、すぐに不足分を出荷して」

わたしはサリーに言った。彼女は、すまなそうな顔もせず、

「はーい」

と答えた。

その30分後。わたしは、サリーのデスクのわきを通りがかった。ふと見ると、彼女は、雑誌のページをめくっていた。どうやらファッション誌。クリスマス特集か何からしい。彼女は、モデルがドレスを着た写真が載ったページを、のんびりとめくっていた。サリーは、アメリカ生まれの日系人。顔は東洋人だけれど、中身は完全にアメリカ人だ。アメリカ人にとって、近づいてくるクリスマスは、1年で最大のイベント。

それはわかるけれど……わたしは、大きくため息をついた。デスクを仕切っているパーテーションの上からサリーを見た。

「あんた忙しそうだから、オレゴンの件は、わたしがやるわ」

と言ってやった。彼女は、一瞬、わたしを見た。また雑誌を眺め、よろしくと言った。


サリーから退職願いが出たのは2日後だった。よくきけば、彼女は、7ヵ月後に結婚するという。結局、結婚までの腰かけ仕事だったらしい。わたしは、スタッフの補充を上司のロイに頼んだ。けれど、すぐには無理だと言われた。当分の間、君ひとりでがんばってくれ。君なら、できる。そうロイは言った。〈Yes, You Can《イエス・ユー・キャン》〉。政治家のスローガンじゃあるまいし……。

また、わたしの長い夜がはじまった。いくらがんばっても、午後9時前に仕事が終わることはない。誰もいないフロアーで、パソコンと向かい合う。長く、厳しく、ひとりだけの時間……。

そんな時間での、ただ1つのささえは、フレッドだった。彼は、9時近くになると、ビルの巡回をする。当然、わたしのところへもやってくる。仕事をしているわたしと、軽く言葉をかわす。わたしの肩をポンと叩《たた》くと、巡回の仕事に戻っていった。

そして、10時に、わたしは仕事を切り上げる。警備員の仕事を終えたフレッドと一緒にビルを出る。ベルズにいく。遅い夕食というより、夜食のようにサンドイッチやハンバーガーを食べる。主に、わたしの愚痴《ぐち》を、フレッドがきいてくれる。落ち着いた声で、あいづちをうったり、元気づけたりしてくれる。それは、ささくれ立っているわたしの心を、そっと鎮《しず》めてくれた。

店を出ると、わたしたちはパーク・アベニューを歩いた。たいてい、手をつないで、地下鉄の駅まで歩いた。通りには、クリスマスの飾りつけが目立ちはじめていた。

まいったなあ……。わたしは、胸の中で、つぶやいていた。パソコンの数字を見つめていた。このところ、急速に、円高ドル安がすすんでいる。それによって、日本から輸入するキャットフードはどんどん割高になってきていた。けれど、アメリカで販売するとき、そのまま値上げするわけにはいかない。そんなことをしたら、アメリカ製のキャットフードに負けてしまうのは、まちがいない。

　そうはいっても、日本製のキャットフードを輸入・販売して得《え》られる収益は、どんどん減っている。わたしは、試算してみた。このままのペースで、円高ドル安が続いたとすると、あと2ヵ月で、キャットフードを日本から輸入してアメリカで販売する収益はゼロになる。試算では、そうなった。しかも、この試算は、現実味のあるものだった。

　このことは、キャットフードだけの問題ではない。日本製品をアメリカに輸入して販売しているセクションは、どこも、同じ問題に直面していた。中には、輸入から撤退して解散してしまうセクションもあった。退社する社員もふえている。アメリカ製品を日本へ輸出するセクションに異動になった社員も多い。そのことは、わたしにとって切実なものになりはじめていた。

「え……。それって、どうして？」

　わたしは、フレッドにきき返していた。クリスマスまで、あと10日。そんな火曜日だった。夜の9時5分過ぎ。わたしが残業していると、いつものようにフレッドが巡回してきた。けれど、その表情が、いつもと少しちがう。やがて、フレッドが、話しはじめた。しばらくの間、一緒にベルズにいくのをやめにしたい。そう言った。〈どうして……〉きき返すわたしに、彼は説明しはじめた。フレッドが所属している警備会社。その上司から言われたという。仕事を終えたわたしと食事にいく、つまり親しくするのは好ましくないと警告されたと言った。

「そんな規則があるの？」

わたしがきくと、フレッドは苦笑い。これまで、そういう規則があったわけではないという。というのも、警備員と女性社員が親しくなった例が、ひとつもなかったからだとフレッドは言った。

彼の警備会社は、ニューヨークにある15のオフィスビルで、警備をしているという。それらオフィスビルで仕事をしている女性たちにとって、ビルの警備員は、〈ただの警備員〉にすぎない。エレベーターや消火器と同じようなものだ。だから、オフィスで仕事をしている女性と、ビルの警備員が個人的に親しくなることなど、これまで1回もなかったという。わたしとフレッドが親しくなるまで……。〈でも、それって、まずいことなの？〉と、わたしはきこうとした。けれど、フレッドの硬い表情を見て、口を開くのをやめた。たぶん、警備会社からすると、けして、いい前例にはならないのだろう。

「やっぱり、立場がちがうからね……」

つぶやくように、フレッドは言った。わたしは、割り切れない気持ちで、その言葉をきいていた。けれど、わたしと親しくすることで、フレッドが会社から警告されるのはまずい。その夜、わたしは仕事を終えると、まっすぐ自分の部屋に帰った。レトルトのラザニアを、ひとりで食べた。オーディオから流れるB《ボズ》・スキャッグスのバラードを聴きながら……。


枝先で、まだ散らずに残った枯葉が、冷たい風に揺れていた。

その週末。日曜日。昼過ぎのワシントン広場《スクエア》を、わたしは散歩していた。ダウンコートを着て、ゆっくりと歩いていた。何か考えごとをするとき、歩き回るのは、わたしの癖《くせ》だった。薄曇りのワシントン・スクエア。人の姿は少ない。枝の先で、枯葉が揺れている。わたしは、デトロイトのハイスクール時代に読んだ、O《オー》・ヘンリーの小説『最後の一葉』を、ふと思い起こしていた。

フレッドとのことは、ひとときのハロー・グッドバイ。そう考えるしかないだろう。わたしは、ゆっくりと歩きながら、ダウンコートのポケットから、携帯電話をとり出した。立ち止まる。リチャードにかけた。3回目のコールで、リチャードが出た。わたしは話しはじめた。

この前、彼から提案があったこと……彼の広告代理店に移る件。それを、前向きに考えてみる。そう話した。彼は、明るい声を出した。すぐそこまでせまっているクリスマス・イヴ。その日、ディナーをしながら、具体的な打ち合わせをしよう。そう言ってくれた。わたしは電話を切る。上を見上げた。枝の先に残っていた枯葉たちが、風に吹かれ、パラパラと散っていく。

クリスマス・イヴのニューヨークは、すごく寒かった。わたしは、一番いいワンピースの上にダウンコートを着て部屋を出た。タクシーで店に向かった。

約束の7時少し過ぎに、店に着いた。アッパー・イーストにある高級なフレンチの店だった。店に入ると、高級店に独特の空気感が、わたしを包んだ。リチャードは、ウェイティング・バーにいた。わたしの姿を見ると片手を上げて微笑した。明るいべージュの上着を着て、水色のネクタイをしていた。タイとおそろいのチーフを、上着の胸ポケットからのぞかせていた。金髪の彼には、それがよく似合っていた。

わたしたちは、一番いいと思われるテーブルに案内された。彼は、どうやらこの店の常連らしい。ウェイターの対応にも、それが感じられた。


「君が、その気になってくれて嬉《うれ》しいよ」

リチャードは言った。テタンジェで〈メリー・クリスマス〉の乾杯をした。定石通り、カスピ海産のキャビアを薄切りトーストにのせて口に入れたところだった。

わたしと彼は、シャンパンを飲みながら、話をしはじめた。まず、わたしがいまの会社をやめる時期……。これは、仕事の整理や引き継ぎがあるので、2ヵ月後になる。すでに、上司のロイと、そのことは話し合いがすんでいた。わたしは、1ヵ月ほど休暇をとり、4月からリチャードの会社に入ることになった。

「オーケイ。これで仕事の件は話がついた」

とリチャード。ウェイターが、オードヴルやサラダを、ゆっくりとしたテンポで出してくる。わたしたちは、フォークやナイフを使いながら、いろいろなことを話しはじめた。話すのは、主にリチャードだ。母校コロンビア大学のバスケット部の調子がいまひとつ……。いま乗っている車にあきてきたので、そろそろ替えようかと思っている……。来週あたり、ロング・アイランドの別荘にいってみないか。冬の海も悪くない。暖炉《だんろ》の火を眺めながら、ストックしてある年代物のワインを飲むのはどうだろう……。

そんな話をきりなくしていると、つぎの皿が運ばれてきた。銀の蓋《ふた》がかぶせてある皿だった。どうやら、きょうの肉料理らしい。〈鴨《かも》肉のマスタード・ソースです〉とウェイターが言った。丸っこい銀の蓋をとった。皿には、スライスされた鴨肉が美しく並んでいた。そして、マスタードの匂いが、わたしを直撃した。

それは、まさに〈直撃した〉としか言いようのない瞬間だった。

わたしは、かたまっていた。胸の中を、いろいろな光景がよぎる。深夜のベルズ。フレッドと並んで腰かけていたカウンター席。粒マスタードをたっぷり塗ったベーグル・サンドイッチ……。おたがいの心の痛いところをいたわるような深くて静かな会話……。心の引き出しにしまい込んで、開かないつもりでいた思いが、よみがえる。

その引き金をひいたのは、このマスタードの香りだった。

わたしの、そんな変化にも気づかず、リチャードはしゃべり続けている。つぎに買おうと思っているBMWのZシリーズについて、しゃべっている。そんなリチャードの姿が、カラーから、モノクロに色褪《あ》せていく。ハンサムな顔が、ただ、のっぺりとしたものに感じられていく……。ある美術評論家の言葉を、わたしは思い起こしていた。翳《かげ》りのないところに、輝きもない……。BMWのエンジンについてしゃべっているリチャードの顔が、さらに褪色《たいしょく》していく。彼の言葉が、わたしの頭上を通過していく……。自分の心のどこかで声がする。リチャードに、こう話しかけていた。〈あなたは、世の中の人々が望むもの、そのほとんどを持っているかもしれない。ある、大切な何かをのぞいては……〉

気がつくと、わたしは、ナプキンをテーブルに置いていた。バッグを手にとる。

「ちょっと、レストルームに」

と言った。立ち上がる。レストルームにはいかず、クロークに歩いていった。コートをうけとる。店の玄関を出ていく。心の中で、別の声がする。〈この馬鹿娘!〉〈引き返すならいまよ!〉という声がする。

けれど、わたしは引き返さなかった。店の玄関を出る。ちょうど通りかかったタクシーをつかまえた。会社のあるパーク・アベニューの番地を運転手に言った。腕時計を見た。9時32分。

クリスマス・イヴなので、マンハッタンの道路は、かなり混んでいた。会社のビルに着いたのは、10時15分を少し過ぎていた。タクシーの料金を払う。わたしは、早足で道路からビルに向かう。フレッドは、もう、帰ってしまっただろうか……。

ビルの裏口まで、20メートル。むこうからフレッドが歩いてくるのが見えた。黒いダウンジャケットのポケットに両手を突っ込み、少し猫背で歩いてくる。ふと立ち止まり、わたしを見た。〈どうして……〉と、その表情が言っている。わたしは2歩、彼の方へ。微笑する。

「メリー・クリスマス。今夜の予定は？」

と言った。彼が、首を横に振った。

「じゃ、わたしにつき合って。ニューヨークで一番安いクリスマス・イヴを……」

わたしは言った。彼の右腕を、自分の両手でぎゅっとつかんだ。彼の肩に、軽く頭をあずける。わたしたちは、ベルズに向かって、ゆっくりと歩きはじめた。戦場のジャングルで負傷した2人の兵士が、おたがいをささえ合いながら歩くように、ひたすらゆっくりと……。今年初めての雪が、マンハッタンの夜空から降りはじめていた。

その4ヵ月後。わたしとフレッドは、27丁目にアパートメントを借りて一緒に暮らしはじめた。わたしは、チェルシーにある旅行代理店で働きはじめていた。フレッドは、ニューヨーク市警に入るためのテストをうけようとしていた。セントラル・パークの木々は新緑の色になりはじめていた。わたしたちは、休日になると、そんな新緑の中を歩いた。

そして、粒マスタードをたっぷりと塗ったベーグル・サンドイッチは、いまもよく食べる。

レンズごしに、好きだと言った

潮風の重さは、その月によって変わる。

4月はじめのいま、風は、やや軽い。わたしは、そんな潮風を胸に吸いながら、砂浜をランニングしていた。弓の形になった葉山、一色《いっしき》海岸の砂浜を、ゆっくりとしたペースでランニングしていた。

薄陽の射す砂浜に、いま、人の姿は、ほとんどない。中年女性が1人、茶色い小型犬を散歩させている。頭上では、カモメが5、6羽、のんびりと風に漂っていた。

しばらく走ると、今日も、投げ釣りをしている人がいた。最近、しょっちゅう見かける。砂浜で投げ釣りをしている若い男だった。長い竿《さお》を、砂浜に立てている。当たりを待っているんだろう。小型のクーラーボックスに腰かけている。

釣りの素人《しろうと》だというのは、すぐにわかる。どこがどうというのではない。けれど、慣《な》れた釣り師でないというのは、ぱっと見でわかる。不思議なものだ。

クーラーに腰かけているその男の近くを、わたしは走り過ぎた。ゆっくりと、一定のペース。御用邸の前を通り過ぎる。一色海岸の端までいった。そこで、立ち止まる。気分転換に、軽く上半身のストレッチ。

また、走りはじめた。いまきた波打ちぎわを逆に戻っていく。しばらく走ると、また、投げ釣りをしている男に近づいていく。男は、一度海から上げた仕掛けを、また、海に投げようとしていた。使っているのは、一般的に〈ジェット天びん〉と呼ばれている仕掛け。鉛の重りがついていて、かなり遠くまで投げられるようにつくられている。たぶん、釣り具店で、〈これがいいですよ〉と言われて買ってきたんだろう。

彼は、ぎこちない動作で、仕掛けを海に投げようとしていた。長い釣り竿を、斜め後ろにふりかぶる。そして、力まかせに釣り竿を振った。長い竿が、しなる。その瞬間。パシュッという音がした。

釣り糸が切れた音だ。力まかせに竿を振り過ぎて、糸が切れた。

へたくそ……。わたしは、胸の中で、つぶやいた。そのときだった。何かが、わたしの方に飛んでくるのが見えた。こっちに向かって飛んでくる。わたしは、両手で顔をガードした。

左のヒジに、何かが当たった。そして、足もとの砂地に落ちた。見れば、ジェット天びんだった。海に向かって投げようとしたジェット天びん。それが、失敗して、ほとんど真横に飛んできたらしい。わたしは、そのジェット天びんを、ひろい上げる。投げ釣り男の方へ歩いていく。彼は、何が起きたのかわからないらしい。あたりを見回している。近づいていくわたしに気づいた。

「これ……」

わたしは言った。持っていたジェット天びんを、彼にさし出した。彼は、かなり驚いた表情をしている。わたしは、簡単にわけを話した。〈こっちに飛んできた〉と……。それを海の方に投げたと思った彼は、さらに驚いた顔……。やがて、気づいた。

「もしかして、君に当たらなかったよね」

「当たったわよ。軽くだけど」

「え？　ケガは？」

ないと思うけど。わたしは答えながら、左腕を見た。きょうは暖かいので、半袖《はんそで》のトレーニングウェアを着ている。ヒジから5センチぐらい先。ちょっとした傷があった。小さな切り傷だ。けれど、少し血が出ている。

「どうしよう」

彼の顔色が変わった。

「どうってことないわよ、こんなの」

わたしは言った。けど、彼は、あわてまくっている。とにかく、手当てをしなくちゃと早口で言った。


その5分後。わたしは、保養寮にいた。一色海岸に面した保養寮。ある企業の保養寮だった。コンクリート四階建ての保養寮。その1階にあるダイニングルームのようなところにいた。

彼が、救急箱をとり出してくる。わたしは、すでに、ティッシュペーパーで、傷口の血を拭《ふ》きとっていた。彼は、その傷口にマキロンを塗ってくれる。わたしは、小さい頃からオテンバ娘だった。しょっちゅうケガをしていた。この程度の傷なら、マキロンを塗っておけばオーケイ。それは、わかっていた。けど、彼は、さらに少し大きめのバンドエイドを貼ってくれた。断わるのも悪いので、わたしは彼にバンドエイドを貼ってもらった。

彼は、二十代の後半。27歳か28歳ぐらいだろうか。痩《や》せ型。髪はやや長め。POLOのトレーナーを着て、コットンパンツをはいている。葉山育ちではなさそうだった。都会で育った人のようだった。

「そういえば、バイトを募集してるの？」

わたしは、きいた。この保養寮に入ってくるとき、出入口のガラス扉に、〈アルバイト急募〉の貼り紙がしてあったからだ。

「ああ、そうなんだ」

と彼。話しはじめた。つい先週まで、ここには通いの従業員がいたという。逗子からやってくる中年女性だった。ところが、その人が、交通事故に遭《あ》ってしまった。自転車にはねられて、入院してしまったという。そこで、急いでかわりのバイトを雇わなければならなくなった。彼は、そう説明した。

「バイトって、実際には、何をやるの？」

わたしは、きいた。主には掃除だなあ、と彼は言った。そして、たまに宿泊客がき

た後は、枕カバーやシーツの洗濯がある。これは、クリーニング屋に出してもいいので、

「まあ、仕事のほとんどが、掃除とフトンを干すことだね」

と彼。わたしは、うなずいた。

「それって……毎日？」

きくと、彼は首を横に振った。このところ、宿泊客は少ない。というより、ほとんど、いない。だから、部屋や廊下の掃除は、あまり必要ない。彼は、そう言った。この保養寮は、全部が和室。各部屋のフトンは、押入れにしまわれている。そのフトンがカビくさくならないように、晴れた日には、屋上でフトンを干す必要があるという。

まあ、当然だろう。

「だから、アルバイトは、1日おきぐらいでいいんだけど……」

「それって、わたしじゃダメかしら」

と言うと、

「君が？」

彼が、きき返してきた。わたしは、話しはじめた。つい先月まで、わたしは葉山町内にある店でバイトをしていた。そこは、鮮魚料理の店だった。いわゆる〈地魚〉を売りにした店だった。メニューには、〈獲《と》れたて、相模《さがみ》湾のアジ〉とか〈葉山漁港に上がったばかりの真鯛《まだい》〉とか書かれていた。

魚をさばけるわたしは、主にその店の厨房《ちゅうぼう》で働いていた。ときには、ウエイトレスもやった。体を動かすのは苦にならない。

ところが、あるとき、とんでもないことがわかった。店で〈地魚〉として出しているもののほとんどが、地物ではなかった。それを、入荷した発泡スチロールの箱に貼られている伝票で発見してしまった。〈相模湾のアジ〉は、実は九州から送られてきていた。〈葉山漁港に上がったばかりの真鯛〉は、岡山県で養殖されていたものだった。

それ以前から、出刃包丁を握って魚をさばいていたわたしは、〈なんか、おかしいな〉と思っていた。〈獲れたて〉の魚にしては、どうも鮮度が悪い感じがした。〈相模湾で上がった天然物〉にしては、養殖した魚にありがちな、不自然なアブラが包丁につく……。どうも変だな、と思っていた。

その謎がとけた。その店で使われている魚のほとんどが、地魚ではなかった。〈獲れたて〉とうたっておきながら、関西や九州で養殖されたものが多かった。〈地魚料理〉を売りものにし、けっこうな値段をつけているのに……。あきらかに詐欺《さぎ》だ。

わたしは、店主につめよった。すると彼は、〈そんなの、どこでもやってることだよ〉と言って笑った。ただ、ヘラヘラと笑っていた。わたしは、その日に、店をやめた。それが、ついこの前、3月末のことだ。

そんなわけで、いま、バイトをやっていない。いいバイトがあれば、と思っていた。

そのことを彼に話した。彼は、真面目《まじめ》な表情で、うなずきながら話をきいている。わたしの話が終わる。

「その……君みたいに若くて元気な人がきてくれれば、それは嬉《うれ》しいけど、バイト代は安いよ」

彼は言った。ちょっと小さな声で、時給を言った。確かに、けしていい時給とはいえない。けれど、わたしは、それでもよかった。バイトの時間に融通《ゆうずう》がきくことの方が大事だった。

「融通がきく？」

と彼。わたしは、スポーツをやっているので、練習や試合があるからと答えた。

「スポーツって、どんな？」

「陸上」

とだけ、わたしは言った。彼は、うなずいた。わたしが、トレーニングウェアで砂浜を走っていたことも、それで納得したようだった。

「じゃ、バイトをやってもらえるのかな？」

「オーケイよ。あなたが、決められるの？」

わたしは、きいた。彼は少し苦笑し、

「いちおう、ここの管理人だからね」

と言った。壁にかかっているプレートを目でさした。そこには〈防火責任者　高木広記《ひろき》〉と刻まれていた。彼の名前らしい。彼は、ノートのようなものをとり出した。名前と住所を書いてほしいと言った。わたしは、〈朝倉里子〉という名前と、住所を書いた。住所を見た彼は、〈え、近いんだ……〉と言った。確かに、わたしが住んでいる部屋は、ここから歩いても10分ぐらいのところだった。

「だから、交通費はいらないわ」

微笑しながら言った。

そのあと、保養寮の中を、彼、広記の案内で、ざっと見て回った。1階には、食堂をかねた広めのリビングルーム。テレビ、ミニ・コンポなどがある。となりにある厨房も、かなり広い。ステンレス製のアイランド・テーブルがある。プロ仕様の大きな冷蔵庫もある。調理の道具も揃っている。

かつて、この保養寮に多くの人がきていた頃には、まかないのプロがいて、宿泊する人たちの食事をつくっていたという。いま、宿泊する人は、ほとんどいないので、完全に素泊まりにしているらしい。もし宿泊する人がいたら、外食するか、近所から出前をとるシステムになっていると広記は言った。

1階には、風呂場《ふろば》がある。大型の洗濯機もある。

2階、3階、4階は客室だ。どの部屋も、和室。海に面している。各階に、洗面所とトイレがある。

そうして建物の中を見ているうちに、気づいたことがある。廊下や階段の踊り場などに、フレームに入った写真が飾られている。それも、すべてモノクロ写真だった。

この葉山で撮られたと思われる写真が、あちこちにかけられている。

そこでわかった。この企業は、もともと、写真のフィルムをつくる会社だった。写真フィルムのメーカーでは一番大きい会社かもしれない。いまでは、オフィスで使うコピー機などでも有名だけれど……。そういう会社の保養寮なのだから、フレームに入った写真が、あちこちにかけられていても、それは不思議なことではない。

ひと通り、中を見終わる。明日から、バイトをはじめることにした。10時にくることにして、わたしは保養寮を出た。

その夜、10時過ぎ。わたしは、トラックを走っていた。1周400メートルのトラックを、ゆっくりとしたペースで、ひとり走っていた。練習後のクールダウンだ。夜になると、風は、さすがに少し冷たい。わたしは、ウォームアップ・スーツに身を包み、体をほぐしながら、歩くより少し速いぐらいのスピードでトラックを回っていた。

そうしながら、考えていた。保養寮の管理人、高木広記のことを、ふと考えていた。普通、保養寮の管理人というと、年寄りのイメージが強い。ところが、彼は、まだ若い。あの、退屈そうな仕事をやるにしては若過ぎる。

地元育ちの人間が、のんびりした仕事をやりたくて……というのなら、わかる。葉山や鎌倉に生まれ育った人間には、そういう人も多い。東京のような都会で働くのが性《しょう》に合わなくて、地元で、のんびりした仕事をしている人もいる。

けれど、彼には、そういう感じがない。釣りが素人というだけでなく、湘南《しょうなん》育ちという雰囲気を持っていない。都会で生まれ育った人だと思う。そんな彼が、なぜ、保養寮の管理人という仕事をしているのだろう……。それは、わからない。わたしは、グラウンドの芝生に寝転がった。仰向《あおむ》けになり、頭の後ろで両手を組んだ。誰もいないグラウンド。空には、かなりの数の星が、またたいていた。

翌朝。4月はじめにしては、暖かかった。東北地方でも桜が開花したと、朝のニュースで言っていた。10時少し過ぎ。自転車で保養寮にいった。玄関の近くに、広記がいた。玄関の前の少し広いスペースをホウキで掃いていた。あい変わらずPOLOのトレーナーを着ている。わたしを見ると、少し緊張したような声で、

「おはよう」

と言った。既に大人なのに、なぜか、中学生のあいさつのようだった。わたしは笑

顔を見せて、あいさつを返した。

わたしに、まず何をしてほしいのか、彼にきいた。彼は、〈ええと、そうだなあ〉と言い、迷っているようだった。とりあえず、よく晴れているので、フトンやシーツを干す。どう？　彼にきくと、〈あ、ああ……〉と言った。

屋上に出てみる。物干しざおが何本かあった。ここしばらく使っていないらしく、物干しざおは少し汚れていた。屋上の手すりも、汚れていた。わたしは、まず、それらを拭《ふ》いた。4階の部屋にあるフトンを、出しはじめた。押入れから、フトンを出しはじめる。フトンも、かなりの間、使われていないらしく、少しだけれど、カビっぽい臭いがしていた。わたしは、そんなフトンを、つぎつぎと押入れから出す。屋上に持っていく。

フトンは、屋上の手すりに干す。シーツは、物干しに干した。やってみると、3部屋分のフトン類しか、一度に干せないとわかった。それは仕方ない。

屋上からは、相模湾が見渡せた。この保養寮は、一色海岸の砂浜に面して建っている。コンクリートの塀《へい》があり、その中には庭がある。そして、四階建ての寮。屋上からは、前にひろがる海が一望できた。少し沖に、乗り合いの釣り船が、3艘《そう》ほど見えた。この季節だと、たぶん白ギス釣りをやっているのだろう。南西の微風が、ショートカットにしたわたしの前髪を、かすかに揺らしている。白いシーツも、ゆっくりと風に揺れている。海を眺めていると、広記が屋上に上がってきた。わたしと並んで、海を見る。わたしは、彼に、きいてみた。さっき、押入れからフトンを出すとき、少しカビのような臭いがした。めったに使われていない感じだった。

「こんなにいいロケーションにあるのに、なんで、人がこないの?」

と、きいた。彼は、しばらく黙っていた。そして、

「会社の経営が、よくないんだ」

と言った。ゆっくりと説明しはじめた。もともと、写真のフィルムをつくる会社だった。それが、オフィス機器などの分野にも進出をしていった。それはいいのだけれど、本業だったフィルムの方がダメになってきた。

「言うまでもなく、カメラがデジタルになってきたからね」

と彼。なるほど。わたしはうなずいた。わたしにもわかる。カメラがデジタル化しはじめて、もう、かなりたつ。最初は、小型カメラだった。スナップ写真を撮るため

のカメラが、どんどんデジタルになっていった。そのあと、本格的な写真を撮るためのプロ用カメラも、デジタルになったようだ。

「そう……。いまじゃ、プロもみんなデジタルの一眼レフを使っているよ」

と広記。そして、話をつづける。写真フィルムの売上げは、急速に落ちていったという。もちろん、ゼロになったわけではない。いまだに、フィルムで撮るという、こだわりの人もいる。

「ほら、車がほとんどオートマチックになっても、マニュアル車にこだわって乗ってる人もいるだろう？　それと似ているかな」

広記が言い、わたしもうなずいた。そういうことなんだろう。どんな時代でも、マニアはいる。そういう人が、まだ、フィルムで写真を撮っているらしい。

「といっても、デジカメが全盛になってしまったいま、写真フィルムの生産は、ひどく減った。昔の10パーセント以下だろうなあ」

広記が言った。主な製品だった写真フィルムの生産が、10パーセント以下に……。

それでは、会社の経営が、いいわけはない。というより、

「よく、つぶれないわね」

わたしは、つい、言ってしまった。言ってから、しまったと思った。ついつい、ものごとを、ズバッと言ってしまう。それは、わたしの悪い癖《くせ》だった。自分でも、わかっている。そのせいで、他人《ひと》から誤解されたりしてきた。また、その悪い癖が出てしまった。けれど、広記は、苦笑しているだけだ。そして、

「本当に、そうだよなあ……」

と、つぶやくように言った。ゆっくりとした口調で話しはじめた。主力商品だった写真フィルムの生産が、そこまで落ち込んでいる。オフィス機器などの分野で、なんとか、がんばっている。それでも、会社としていい状態なわけはない。

「役員も社員も、ずいぶん減ったよ。閉鎖した支社も、かなりある。そんなときだから、会社の保養寮に遊びにこようなんて感じにならないよなあ。だから、こうやって暇《ひま》なわけ。だいたい、この保養寮だって、いつ売却されるか、わからないし……」

彼は言った。目の前の海を眺めながら言った。

「え、晩ご飯、コンビニ弁当なの?」

わたしは、思わず、きき返していた。その日の夕方だった。バイト初日なので、わ

たしは、けっこう働いた。3部屋分のフトンとシーツを干した。各階の廊下や、階段の掃除をした。ていねいに掃除をし終えると、もう夕方近くなっていた。広記は、わたしに〈お疲れさま〉と言った。自転車で出かけようとしている。きけば、近くのコンビニに夕食を買いにいくのだという。晩ご飯、コンビニ弁当なの？　わたしがきくと、彼は、うなずいた。ここの管理人をはじめて約2ヵ月。毎晩、コンビニの弁当ですませているという。

「それって……」

わたしは、思わず、つぶやいていた。コンビニの弁当が、毎晩の夕食。それは、もちろん、体にいいわけがない。そして、何よりも、わびし過ぎないだろうか。この広い保養寮の食堂で、ひとりコンビニ弁当を食べているというのは……。

しばらく考え、わたしは提案した。わたし自身も、主に自炊している。だから、この厨房《ちゅうぼう》で、二人分の夕食をつくるのは、どうだろう。その食材を買うお金はワリカン。そんな提案を彼にした。二人分の夕食をつくっても、たいていの場合、一人分の倍にはならない。彼も、何秒か考え、そうしてくれるなら助かるけどと言った。わたしは、うなずく。

「まかせといて。自炊歴は長いんだから」

と言った。笑顔で、彼の肩を叩《たた》いた。

わたしは、自分の自転車で近くのスーパーにいった。とりあえず、きょうはご飯をつくる時間がない。なので、すぐできる焼きソバにした。ちょうど、春キャベツが旬だ。そんな春キャベツをたっぷり使ったソース味の焼きソバをつくることにした。ここ葉山は三浦半島のつけねにある。そして、三浦半島には農家が多い。そんな農家がつくった春キャベツは、葉山のスーパーにも並んでいる。

いい匂いが、厨房に漂いはじめた。焼きソバづくりが、ラストスパートに入っていた。ここの厨房は、プロ仕様だ。火力も強い。そろそろ、焼きソバができ上がる。匂いをかぎつけたのか、広記が厨房に入ってきた。大きなステンレス扉の冷蔵庫を開ける。缶ビールをとり出した。わたしは、

「あ、いいなあ。わたしにも」

と言った。彼は、微笑して、うなずく。ビールを、もう1缶、とり出した。

2分後。わたしは、焼きソバを皿に盛る。食堂兼リビングに持っていった。広記は、わたしのために、ビール用のグラスを持ってきてくれた。けど、わたしは缶のプルトップを開ける。〈お疲れさま〉と言い、缶から直接ビールを飲む。広記は、ビールをグラスに注いで飲みはじめた。

そして、焼きソバを食べはじめた。入っているのは、春キャベツ、玉ネギ、そして豚の薄切り肉。焼きソバとしては、ごく平凡なものだ。けれど、春キャベツの甘さと香りが、きわだっている。うまいよ、と広記。すでに、2缶目のビールを飲みはじめている。そうしながら、

「自炊歴が長いってことは、一人暮らしが長いってことかな……」

と、きいた。わたしも、1缶目のビールを飲み終わろうとしていた。まあ、そういうこと……。と、つぶやいた。

わたしは、葉山で生まれ育った。父は、銀行員。わたしが子供だった頃は、葉山からわりと近い大船《おおふな》の支店に勤めていた。髪をきちんと七三に分けた、いかにもという感じの銀行マンだった。母も、おとなしい性格の人だった。自宅で華道を教えていた。

わたしには、2つ年上の姉がいる。姉は、これもまた、絵に描《か》いたような優等生だった。子供の頃から、近所の人に会うと必ず〈こんにちは〉と明るい声で、あいさつをする。もちろん、学校の成績はいい。ずっと、学級委員をやっていた。高校では、華道部の部長。横浜にある短大を卒業すると、大手の食品メーカーに就職した。そこの総務部で働いている。いまは、父の部下である若い銀行マンとつき合っている。いずれ、結婚するらしい。けっこうなことだ。

そんな、けっこうだらけの家にあって、わたしは〈みにくいアヒルの子〉だった。どういうわけか、まったく異色だった。子供の頃から、ひたすらオテンバな少女だった。

たとえば、小学生時代。学校が終わると、姉は家に帰ってきて、母から華道の手ほどきをうけている。わたしは、学校が終わっても、帰ってこない。砂浜で、男の子にまざってサッカーごっこをする。ときには、釣りをする。夏なら、海に入ってサザエやトコブシを密漁する。ときには、漁師さんのイケスから、イワシを盗む。そんなことばかりやっていた。

一年中、体のどこかにバンドエイドを貼っていたような気がする。小学校の同級生

は、姉の名前を出し、〈お前、本当に妹なのかよ。どっかでひろわれてきた子じゃな

いのか?〉などと言っていた。

わたしが、自分の足の速さに気づいたのは、中学1年のときだった。ある日の放課

後。校門を出てすぐのところ。後ろからきた男の子が、わたしのスカートをめくった

(その年頃では、よくやることだけれど……)。逃げていく男の子を、わたしは追いか

けた。男の子は、わたしよりかなり背の高い子だった。けど、30メートルぐらいで追

いついた。わたしは、その男の子にタックルした。2人とも、勢いあまって、道路に

転んだ。そのとき、わたしも男の子も、アスファルトに顔をぶつけた。

わたしは、頬にすり傷ができた。けれど、男の子は、額《ひたい》を強く道路にぶつけた。か

なりの血が流れはじめた。結局、病院に運ばれ、4針ほど縫《ぬ》うはめになった。しばら

くは、頭に包帯を巻いて登校していた。

いわゆる非行でもないし、男の子がわたしのスカートをめくったところは、同級生

たちが見ていた。わたしは、担任から、軽い注意をうけただけだった。

けれど、両親からは、ひどく叱《しか》られた。ひとにケガをさせるなんて……と叱られた。

わたしは、言いわけをしなかった。その頃、すでに、両親との間に、ちぢまることの

ない距離を感じていた。13歳の秋だった。

そんなわたしに、声をかけてきた教師がいた。体育の教師で、牧田《まきた》という。三十代の教師だった。その牧田は、わたしの足の速さに気づいたらしい。ちゃんと走ってみないかと言った。もしかしたら、そのまま〈不良化〉しそうなわたしに、スポーツをやらせろという学校からの指示があったのかもしれない。とにかく、その中学にあったささやかな陸上部に、わたしは入った。といっても、100メートルを走れるグラウンドは、なかった。そこで、50メートル走をやることになった。

ある日のこと。わたしは、初めて、本気で50メートルを走ることになった。並んで走るのは、男の子だった。一級上の2年生の男子。身長は、わたしより10センチぐらい高い。

わたしは、初めて、スターティング・ブロックを使った。その使い方、スタートのしかたは牧田が教えてくれた。そして、とにかく好きなように走ってみろと言った。

初めて、本格的なスタートを切った。50メートル先のゴールに向かって、がむしゃらに走った。ゴールして気づくと、一緒にスタートを切った男の子がいない。ふり向くと、男の子は、とちゅうで倒れていた。こういうことだった。スタートから、わたしがリードした。わたしに追いつこうとした男の子は、30メートルあたりで、足がもつれて、転倒したということだった。ちなみに、このときのわたしのタイムは、中学生女子50メートル走としては、そこそこのものだったらしい。

負けずぎらいのわたしは、男の子に勝った気持ちよさもあり、短距離に熱中していった（といっても、50メートル走だけれど……）。毎日のように、授業が終わると、50メートルの練習をした。身長が伸びる時期でもあり、タイムは、やるほどに、よくなっていった。

それはそれとして、いま思えば、この中学生時代の練習は、よかった。というのも、スタートと、スタートダッシュの練習を徹底的にやった。それが、よかった。

短距離レースの花は、なんといっても１００メートルだ。そして、１００メートルで、まず大切なのは、スタートとスタートダッシュ。そこでついた加速を、どう後半の伸びにつなげるかでレースは決まる。スタートダッシュがダメで一流になった１０

0メートル・ランナーはいない。当然だけれど。

とにかく、中学の50メートル走できたえたことは、わたしにとって、大きなアドバンテージになった。

県立高校に進学。迷わず陸上部に入った。100メートルと200メートルの選手として練習をはじめた。予想していたけれど、100メートルのタイムは、最初、あまりよくなかった。

というのも、50メートル走を徹底的にやってきたからだ。50メートルを全力で走りきるようにトレーニングしてきた。それを、体が覚え込んでいる。だから、50メートルを過ぎると、ぐんとスピードが落ちる。けれど、それは、あらかじめ、わかっていたことだ。わたしは、100メートルでの走り方を、あらためて練習しはじめた。

効果は、しだいにあらわれてきた。高校2年。その年の高校総体では、100メートルで決勝まで残った。結果4位だったけれど……。そして、高3。この年の高校総体では、優勝をした。タイムは、当時の高校生女子の日本記録だった。

当然、いろいろなところから声がかかった。その中でも、S社の陸上部が、わたしには魅力的だった。その会社は、もともと製薬会社。最近では、さまざまなサプリメント、スポーツドリンクなどの分野にも進出している。よく知られている商品もある。10年ほど前から、その会社は、スポーツ選手をあと押ししはじめた。もちろん、社名や商品名をPRする目的があるのだろう。わたしにとって魅力的だったのは、葉山から近い逗子市のはずれに、その会社の練習グラウンドがあることだった。そこで、契約している選手たちが練習できるようになっていた。専属のコーチもいた。

高校の卒業をひかえ、わたしは、その会社と契約をした。といっても、契約金や給料が出るわけではない。そこのグラウンドを使って、コーチの指導をうけて練習ができる。大会に出るときは、その会社のロゴが入ったユニフォームで出場する。地方や海外の大会に出場する場合は、その遠征費用を出してくれる。そんな契約だった。

高校を卒業。その会社の契約選手として、練習をはじめた。そのとたん、うちの家に変化が起きた。父が、6月の人事異動で大船の支店から、東京の大手町にある本店に転勤になったのだ。たぶん、昇進なんだろう。家族は、東京に引っ越すことになった。

けれど、わたしは東京にいく気にならなかった。生まれ育ったこの海岸町が好きだった。昔からの友達もいる。それに、練習グラウンドまで、すぐの距離だ。そんなこんなを考え、わたしは、一人暮らしをすることにした。

小学生時代の友達。その家が、漁港の近くに一軒のアパートを持っていた。1DK。かなり古い。だから、家賃は、安い。わたしは、そこを借りて、引っ越した。それが、4年前のことだ。きゅうくつな家とグッバイ。自由な一人暮らし。それは、わたしが望んでいたものだった。ただし、収入がない。契約しているS社から給料は出ない。まあ、練習できるだけでもラッキーといえるだろう。

わたしは、バイトをはじめた。まず、ハンバーガー・ショップ。ファミレス。歯医者の受付。蕎麦《そば》屋の出前。などなど、さまざまなバイトをやった。そして、一番最近が、例のインチキ鮮魚料理店だった。

「まあ、そんなわけよ」

わたしは、広記に言った。彼は、うなずきながら、きいている。ききながら、焼きソバを食べ終わった。わたしも、2缶のビールを飲み、話しながら、焼きソバを食べ終わったところだった。身の上話で、しめっぽい話はしたくない。わたしは、できるだけサラリと話した。食器を厨房《ちゅうぼう》に持っていく。洗いはじめた。

珍しく、保養寮に宿泊客が来た。それは、わたしがここでバイトをはじめて10日目だった。土曜の夜。社員が2人、泊まるという。きけば、広記とほぼ同じ年齢《とし》の男が2人。

2人は、翌日の日曜、釣りをやるらしい。近くにある真名瀬《しんなせ》漁港から、乗り合いの釣り船に乗るようだ。釣り船は、朝が早い。それで、前日の土曜、ここに泊まることにしたらしい。

土曜の午後4時頃、その2人は着いた。確かに、広記と年齢が近い。2人は広記の顔を見ると、〈よお、ひさしぶり〉と言った。元の同僚らしい。2階にある部屋に入った。

夜の6時頃。その2人は、食堂におりてきた。夕食は、寿司《すし》屋の出前をとっていた。そして、ビールを飲みはじめた。この保養寮は素泊まり。だけれど、飲み物は、そこそこ用意してある。ビールも、ほとんどスーパーで買う値段で出しているようだ。

宿泊する2人は、出前の寿司をつまみながら、ビールを飲む。酒好きなのか、飲むペースが速い。広記にも、ビールをすすめている。広記も、ほどほど、つき合っている。わたしは厨房にいた。今夜、広記と食べるために、カレーを煮込んでいた。食堂の方から、声がきこえてくる。泊まる2人は、だいぶ酔っぱらってきたようだ。特に、その1人が酔ってきたらしい。声のボリュームが、かなり大きくなる。厨房にいるわたしにも、その声が、きこえてくる。

〈お前、本当にバカなんだよ〉と、これは広記に向かって言ってるらしい。それが、続く。〈あんなことにこだわってなけりゃ、いまでも本社にいられたのに〉〈みんなの忠告もきかないで、あんなものを出すから、案のじょう飛ばされて〉〈いまじゃ、こんなところの管理人か……。この寮だって、いつ売りに出されるかわからないって話だぜ〉という大声がきこえた。広記の方は、何も言わない。やがて、

「明日の朝は早いんだろう。もう、それぐらいにしろよ」

という広記の声が、きこえた。

翌日。夜8時。わたしは、照明のついたグラウンドで練習をしていた。ウォームアップの目的で、ゆっくりと、グラウンドを走っていた。きょうは、マラソン選手が3人、グラウンドにいた。男子が2人、女子が1人。芝生の上で、ストレッチをしている。

わたしは、アンツーカーのトラックを、ゆっくりと走っていた。走りながら、考えていた。きのう、保養寮にきた2人。その片方が酔っぱらってしゃべったことを思い返していた。

少しは、予想していたことだった。広記は、会社で仕事をしているとき、何かが起きて、あるいは何かを起こして、保養寮の管理人になったらしい。かつての同僚の言葉を借りれば〈飛ばされて〉保養寮の管理人になったようだ。その理由は、わからないけれど……。マラソン選手たちの方へ、中年のコーチがやってきた。彼らに何か練習の指示をしている。わたしは、ひとり、無言でトラックを走っていた。

3日後。5月だというのに、梅雨のような細かい雨が降っていた。

わたしの中学時代の男友達が、釣り船の仕事をしている。釣り船屋の後継《あとつ》ぎだった。

高校を出ると、釣り船の船長になった。洋一という彼は、わたしに、ときどき魚をくれる。わたしが陸上の選手で、しかも生活が楽でないのを知っていた。

その洋一が、イサキを分けてくれた。イサキは、中型の魚だ。相模湾では、よく獲《と》れる。刺身の色は真鯛《まだい》に似ているけれど、真鯛などよりおいしい。特に、5、6月頃が、この魚の旬。その味をたとえると、天然物の真鯛に、上品なアブラをのせたというところだろうか。近くで獲れる白身系の魚では、わたしは一番おいしいと思っている。

そのイサキを持って、わたしは保養寮にいった。広記に、〈今夜は、ごちそうよ〉と言った。わたしの説明をきいた広記は、スーパーにいって、イタリー産の白ワインを2本買い込んできた。

「これは……」

と広記。イサキの刺身をひとくち食べて、つぶやいた。おいしい、ということを、どう言おうか、考えている感じだった。おいしいでしょ。わたしは言った。自分でも、イサキの刺身を口に入れる。よく冷えた白ワインを飲む。外では、あい変わらず、素《そう》麺《めん》のような細い雨が降っている。食堂のミニ・コンポからは、小野リサが唄《うた》っているらしいボサノヴァが低く流れていた。

「小さい頃から、カメラ少年だったんだ……」

広記が、つぶやくように言った。もう、1本目のワインはあいて、わたしたちは2本目を飲みはじめていた。山盛りになっていたイサキの刺身も、半分ぐらいになっていた。それを、ゆっくりとしたペースで口に入れながらワインを飲む……。2人とも、いつものビールより酔っているのが感じられた。

「中学生の頃には、もう一眼レフで写真を撮ってたよ」

と広記。淡々とした口調で話す。中学生の頃には、よく風景写真や近所の猫などを撮っていたという。とにかく、学校から帰ってくると、一瞬もカメラをはなさない少年だったという。

「本当に好きだったのね」

「ああ……。でも、そのままだったら、よくある写真好きな人になっていただろうな……。ところが、あれは高校2年のときだった……」

広記は、その頃を思い出すような口調で言った。練馬区に住んでいた彼は、ある休みの日、六本木まで出かけたという。六本木には、洋書を多く並べてあるブックストアがあり、海外のフォトグラファーの写真集なども並んでいるという。そんな、写真集を見るのが楽しみで、彼は、月に1度ぐらい、その六本木のブックストアに通っていた。そして、高校2年の夏。彼にとっては、ひとつの事件がおきた。

「1冊の写真集が、目に飛び込んできたんだ」

それは、アメリカに住んでいるフランス人のカメラマンの写真集だったという。広記が言ったカメラマンの名前は、発音がむずかしく、わたしにはききとれなかった。

その写真集は、アメリカの北東部、ケープコッドあたりを撮ったものだという。ケープコッドは、ニューヨークあたりに住んでいる人にとっては、海に面した別荘地。日本で言えば、葉山のようなものらしい。そのケープコッド周辺の風景を撮ったのが、その写真集だったという。

「何よりもショックだったのは、それがモノクロの写真集だってことだった」

広記は言った。少し古びた海沿いの別荘。空を飛んでいるカモメ。早朝の砂浜を散歩している老人と犬。桟橋に置き忘れられたビーチサンダル……。そんな風景が、やわらかいトーンのモノクロで表現されていた。そのページをめくっていた広記の指は、小きざみに震えていたという。

「直感的にわかったのは、モノクロ写真は、見る側の想像力を刺激するってことだった」

と彼。モノクロ写真を見ると、人は、その色調を想像する。この海は、この別荘の壁は、この早朝の砂浜は、どんな色調をしているのだろう……。そんな想像力を刺激する。彼は、そう言い、わたしも、うなずいた。そうだと思った。その写真集は、高校生の小遣いからすると高かった。けれど、彼は迷うことなく、その写真集を買った。彼にとっては、宝物なのだろう。もちろん、いまもよくページをめくるという。

高校を卒業した広記は、大学の理系に進んだ。自分では、モノクロ写真を撮り続けた。そして、将来は、写真にかかわる仕事につきたいと望んでいた。やがて、大学4年。カメラメーカーやフィルムのメーカーの就職試験を受けた。カメラメーカー1社と、フィルムのメーカーから内定をとった。

けれど、カメラメーカーは選ばなかった。そのメーカーが、完全にデジタルカメラ専門になっていたからだという。その点、フィルムメーカーは、まだカラーフィルムと同時に、少ないけれど、モノクロフィルムも生産していた。それが、現在の会社だという。

入社して4年。そろそろ新人ではなくなった頃のこと。彼は、ひとつの企画書をつくったという。それは、モノクロフィルムの愛好家に向けた企画だった。フィルムで写真を撮る人は激減した。けれど、ゼロに消滅したわけではない。

さらに、別のデータに彼は気づいた。モノクロフィルムは、以前から生産量も販売される量も少なかった。けれど、写真がフィルムからデジタルに移行しても、モノクロフィルムの販売数は、それほど減っていないことに、彼は気づいた。つまり、昔からモノクロ写真にこだわっていた少数の人たちは、デジタル写真には、ほとんど興味を持っていないことが、このデータから読みとれた。

「有名なプロのカメラマンの中にも、自分の作品は、あえてモノクロで撮る人もいるよ」

彼は言った。確かに、高性能なデジタルカメラで撮れば、鮮かすぎるほど鮮かな色調の写真は撮れる。そういう写真が、世の中にあふれている。そんな時代だから、モノクロ写真を好む人は根強く残っている。そう感じる、と彼は言った。

「ノスタルジーじゃなく、デジタルとは別のジャンルとして、モノクロ写真は存在していくんじゃないかと思った。で、そういうモノクロフィルムを後押しするのも、フィルムメーカーの責任じゃないかとも思ったよ」

広記は言った。そして、そういうモノクロフィルムのユーザーを後押しする企画をつくり、上司に見せたという。

「で？」

「鼻で笑われたよ。この時代にモノクロフィルムかよ、と言われてね」

苦笑しながら、広記は言った。企画をはねつけられても、彼は、めげなかったらしい。サラリーマンとしては危険を覚悟で、さらに上の役員に、その企画を提示したという。企画は、そこでも、当然のようにボツをくらった。しかも、自分の頭をこして企画を上に出された広記の上司は、怒り狂った。

「翌週には、辞令が出たよ。この保養寮の管理人を命ずるという……」

また微苦笑しながら、彼は言った。それをきいて、事情がわかった。この前、ここに泊まった元の同僚が酔っぱらって言っていた言葉。〈お前、本当にバカなんだよ〉〈あんなことにこだわってなけりゃ、いまでも本社にいられたのに〉〈……案のじょう

飛ばされて〉。そんな言葉の断片が、ひとつにつながった。わたしがそのことを言うと、

「あの企画書を役員に直接出したとき、すでに覚悟はできていた。周囲のやつらは、モノクロフィルムなんかにこだわって、バカなやつだと言ってるよ。でも、そこにこだわりたいから、フィルムメーカーに入ったわけだ。そういう自分のこだわりを持ち続けられないんなら、意味がない。まわりの連中には、わからないだろうけど……」

彼は言った。その表情に、ほんの少し、寂《さび》しげな色が浮かんだ。

「そういえば、ここにかけてある写真、あなたが撮ったの？」

わたしは、きいた。保養寮のあちこちに、フレームに入った写真がかけてある。その写真は、すべてモノクロだった。主に葉山の風景だった。波打ちぎわ。はるかな灯台。岸壁で釣り糸をたれている人。夕方の空。日なたで寝そべっているノラ猫などなど……。どの写真にも、海岸町の空気が写っていた。わたしがそのことを言うと、彼は、あい変わらず微苦笑したまま、

「ありがとう。そう言ってくれるのは君だけだよ」

と言った。糸のような雨は、まだ降り続いている。ミニ・コンポからは、ボサノヴ

アの〈One Note Samba《ワン・ノート・サンバ》〉が静かに流れていた。

「もうすぐ、大会があるって言ってたよなあ」

広記が言った。わたしが、食堂の掃除をしているときだった。わたしは、うなずく。来週、横浜にある総合競技場で、陸上競技の大会がある。国体の予選をかねた大会だった。わたしも、もちろん出場する。１００メートルの選手として。

「その試合に、写真を撮りにいってもいいかな」

と広記。わたしは、かまわないと答えた。断わる理由はない。

薄陽が射すグラウンド。まだ初夏なので、湿度は、高くない。大会は、後半に入ろうとしていた。女子１００メートル。準決勝が始まろうとしていた。わたしは、過去の成績から、シードされているので、この準決勝から走る。４組の準決勝。わたしは、その第３組で走る。この準決勝のタイムで、上位８人が、ラストの決勝を走ることになる。

わたしは、すでにウォームアップを終えていた。ウォームアップ・スーツを脱ぐ。

本番のウェアになった。タンクトップ型の上半身には、所属するS社のロゴが入っている。下半身は、ピチッとしたショーツ。わたしは、スパイクシューズの靴ひもを結びなおした。広記が、観覧席の最前列にいるのは、わかっていた。長いレンズをつけたカメラを持っているのも見えていた。けど、いまは、彼に手を振ったりしている状況ではない。わたしは、はじまろうとするレースに、気持ちを集中させる……。

準決勝は、体力配分を考え、そこそこのペースで走ることにしていた。わたしのタイムなら、楽に、決勝に進める。そして、その通りになった。準決勝の第3組。わたしは1位でゴールした。タイムは、そこそこ。最後を軽めに流したのだ。

1時間半後。決勝がはじまった。これは、本気で走る。秋に開かれる国体につながるレースだ。Kというライバル選手もいる。

わたしは、第4コース。スターティング・ブロックを慎重にセットする。そうしながら、自分にいいきかせる。大丈夫、あんたならできるといいきかせる。そうしながら、スタートの姿勢をとる。オーケイ。あとは全力で走るだけ。

やがて、会場にアナウンスが流れる。女子100メートル走の決勝。選手たちが、スターティング・ブロックの後ろに立つ。ライバルのKは、となりの第5コースだ。けれど、あえて視線は合わせない。というより、かなたのゴールだけを見つめる。あそこだけが、わたしのめざすところ……。やがて、〈用意〉のアナウンス。わたしは、スターティング・ブロックに両足をセットする。両手を少し開いて地面につく。視線は、めざすゴール……。

選手全員が腰を上げる。ピストルが鳴った。同時に、わたしは飛び出していた。まばたきもせず、走り切った。永遠のような一瞬。視界には、ほかの選手はまったく入らなかった。1位。2位のKには、0・11秒の差をつけた勝利だった。

「これ……」

と広記が言った。1枚の写真を、わたしにさし出した。

午後6時半。保養寮の食堂。わたしは、鰺《アジ》のタタキをテーブルに置いたところだった。鰺という魚は、いつでも獲《と》れる。一年中、魚屋やスーパーにも出ている。けれど、本当においしいのは、いま。6月後半あたりの梅雨どきだと言われている。わたしも、そう思う。

昼過ぎから、梅雨らしい静かな雨が降りはじめていた。わたしは、保養寮の庭にたくさん咲いている紫陽花《あじさい》を2本ほど切り、食堂の花瓶にいけた。鯵のタタキとビールを食堂のテーブルに置いた。そのときだった。広記が、写真をわたしにさし出した。週刊誌ぐらいのサイズのモノクロ写真。写っているのは、わたしだった。

この前の大会のときだろう。スタート直前らしいわたしのアップだった。表情の緊張感からして、決勝のときにちがいない。肩あたりと顔が写っている。スタートの姿勢をとったところだろう。視線は、まっすぐに、ゴールを見つめている。緊張と、かすかな不安の入りまじった表情……。スポーツというものの決定的な一瞬をとらえた写真。モノクロならではのリアリティ。いい写真なんだろう。ただ、写っているのがわたしなんで、少し照れる。わたしはお礼を言った。

「さあ、ビールがぬるくなっちゃうわよ」

「あのとき、ちょっと感じたんだけど……」

広記が、口を開いた。鯵のタタキを肴《さかな》にビールを飲みはじめていた。2缶目のビールが、半分ぐらいなくなったときだった。わたしは、〈何？〉という表情で彼を見た。

彼は、ビールを片手に話しはじめた。

「君には、コーチっていないみたいだね」

と彼が言った。あの大会を見ていて、そう思ったという。確かに、ほかの選手たちには、コーチがついてきている。中には、細かいアドバイスをしているコーチもいる。うちのチームにも、専属コーチはいる。この前の大会にも、3人がきていた。それぞれ、選手について、アドバイスしたりしていた。

けれど、わたしにコーチはついていない。もちろん、同じS社に所属している選手たちと、わたしは言葉をかわしたりしていた。けれど、わたしにコーチはついていない。ひとりでストレッチをし、ひとりでウォームアップをし、レースにのぞんだ。

「以前、コーチはいたんだけど……」

わたしは言い、ビールを飲んだ。松本という短距離走のコーチがいる。最初、わたしがS社の選手になったとき、その松本がコーチをしようとした。けれど、わたしとは、合わなかった。

わたしの走りは、独特だと言われる。多くの人から言われるので、それは本当なのだろう。50メートル走が基本にあるので、そうなるのかもしれない。スタートしてから、前傾して走る距離が、ほかの選手より長い。

コーチの松本は、それをなおそうとした。彼の中には、100メートルの走り方はこうというメソッドがあるらしい。そこで、わたしにも、それをやらせようとした。けれど、そうして走ってみると、タイムは良くならないどころか、悪くなった。わたしには、その走法が合っていなかったのだ。

わたしと松本は、徹底的に話し合った。これまで、世界で活躍した短距離ランナーでも、個性的なフォームや走法の選手は山ほどいた。わたしは、そのことを主張した。けれど、松本は自分の主張を変えなかった。自分が現役のランナーだった頃、たまたまアジア大会で、そこそこの記録を出したこともあり、それが良くも悪くも、彼の自負心になっていた。短距離走は、こうあるべきという……。

結局、わたしと松本の溝《みぞ》は、うまらなかった。わかりやすく言ってしまえば、〈しょうがない。勝手にやれ〉という感じで、彼は、わたしのコーチをおりた。以来、わたしは、コーチなしでやっている。大会で勝てば、松本は〈おめでとう〉とお義理のように言う。けれど、内心は面白くないはずだ。ただ、いまは、わたしのタイムが大会ごとによくなっているので、露骨なイヤミなどは言ってこない。

けれど、わたしは、それをあまり気にしていない。もともと、ランナーというのは孤独なものなのだ。いくらコーチがアドバイスをしても、最終的に、走るのはランナー自身なのだから。そして、誰よりもその日の調子や、コンディションについてわかっているのは、ランナー自身なのだから……。

もし、今後、何かもめごとがあったら、S社のチームから抜けてもいいと、わたしは思っている。それはそのときのこと。なんとかなるだろう。そのことを話すと、広記は、ちょっと苦笑い。

「なんか、おれと君って、似たところがあるのかな……」

「……似たところ?」

「ああ。なんて言うか……ちゃんと理解してくれる人が、あまり周囲にいないところとか……」

と彼は言った。しばらく考えて、わたしは、うなずいた。そして言った。

「そうかもしれない。けど、それって仕方ないんじゃない?」

「仕方ない?……」

「そう。自分らしさを絶対に曲げないでやっていこうとしたら、それを本当に理解してくれる人は少ないと思う。それに、理解してもらおうなんて期待するのは甘いのかもしれない。わたしはそう思うけど」

と言った。彼は、ビールのグラスをじっと見つめている。

「……君は、おれより少し若いけど、強いんだな……」

「強くなんかないわ。ただ〈自分ひとり歴〉が長いってだけのことよ」

わたしは、笑いながら言った。新しいビールをとるために立ち上がった。外では、あい変わらず、しっとりとした雨が降り続いていた。

7月7日。七夕《たなばた》の日は、例年通り雨だった。その日、本社から通達がきた。この保養寮は、9月一杯で閉鎖《へいさ》される。その後、売却される予定だという。広記は、それほど、ショックをうけていないようだった。これまでの流れからして、ある程度、覚悟していたのだろう。

「そのあとは、どこへ転勤になりそう？」

わたしがきくと、彼は苦笑い。もしかしたら、埼玉にある倉庫かなあ、と言った。まんざらジョークではなさそうだった。まあ、元気出して、と、わたしは彼の肩を叩《たた》いた。

7月末。梅雨があけた。それから8月一杯、わたしと広記は、思いきり目の前の海で遊んだ。9月になれば、保養寮は閉鎖の準備に入る。この保養寮、最後の夏……。その思いが、わたしたちにはあった。

毎日のように海で泳いだ。どちらかというと色白の広記は、まず茹《ゆ》でダコのように赤く陽灼《ひや》けした。そして、しだいに落ち着いた色になっていった。海から帰ってくるとシャワーを浴び、わたしが夕食をつくった。たいていの夜、ビールを飲んだ。

男と女、という空気がわたしたちの間に流れそうになったこともあった。けれど、お互いに抑《おさ》えていた。9月になれば、別々の道を歩きはじめる。それが、わかっていたから……。

8月が終わろうとする日。わたしたちは、保養寮の庭で花火をした。わたしも広記も、チョコレートのような色に陽灼けしていた。近所で買ってきた花火に、つぎつぎと火をつけた。けれど、セットに入っていた線香花火だけは、火をつけなかった。線香花火が、あまりに淋《さび》し過ぎるから……。それでも、吹いてくる海風は、もう、真夏のものではなくなっていた。少しひんやりとした微風の中に、近づいてくる秋の匂いがしていた。

その人がやってきたのは、9月に入ってすぐのことだった。社員の父親だという。この保養寮は、社員の家族も利用できることになっている。9月20日までは、宿泊の人をうけ入れることにもなっていた。

泊まる人は、山田さんという。午後3時頃、タクシーで着いた。もう七十代のなかばだろうか。痩《や》せ型で、髪は白髪《しらが》まじり。まっ白な半袖《はんそで》シャツを着ていた。わたしたちに優しい笑顔を見せ、〈お世話になるよ〉と言った。

その日、釣り船の洋一から、メジマグロをもらった。メジマグロとは、いわゆる〈本マグロ〉の子供だ。秋になると、相模湾にも回遊してくる。今年は、例年より少し早く、相模湾に入ってきたようだ。しかも、1匹が2キロ以上ある。洋一は、そんなメジマグロを2匹くれた。その夜。わたしと広記は、山田さんと一緒に晩ご飯を食べることにした。今夜はいいメジがある。しかも、山田さんにひとりで晩ご飯を食べさせるのは気の毒な気がしたからだ。

「ほう、メジマグロか……」

　と山田さん。皿の上を見て、つぶやいた。ルビーのような色の刺身が盛ってある。わたしたちは、ビールを飲みながら、メジの刺身にお箸《はし》をのばした。メジは、きれいな赤味。けれど、ほどほどのアブラがのっている。さすがは本マグロの子供だ。ひとくち食べ、3人とも、〈うむ〉〈うまい〉〈おいしい〉などと口に出していた。

「へえ……山田さんも……」

　と広記がつぶやいた。ビールを2缶ほど飲んだところだった。きけば、山田さんも、広記の会社に勤めていたという。つまり、親子二代で、同じ会社に勤めていることになる。

「まあ、せがれも、そこそこはやっているようだが……」

　と山田さん。おいしそうにビールを飲んだ。そして、ぽつっぽつっと昔話をはじめた。山田さんがバリバリの現役社員だった頃の話だ。その頃、会社は活気にあふれていたという。そして、この保養寮では、社員の研修のようなこともよく開かれていたという。

「若かった私たちは、よくここに泊まって、徹夜で熱い議論をしたものだよ。新しい写真フィルムをつくり出すためにね……」

と山田さん。当時を思い出すような表情を浮かべた。淡々と話しながらも、その頃を懐《なつか》しむような口調だった。その頃、年に3、4回は、ここに泊まって、社員同士で議論をしたり、新製品についてのアイデアを練ったりしたという。この9月で、この保養寮もいよいよ閉じられる。その話をきいた山田さんは、いてもたってもいられなくなり、こうして、やってきたという。

「ところで、いま、あちこちにかけてある写真は？」

と山田さんがきいた。広記は、あれは自分が撮ったものだと答えた。なかなかいい写真じゃないか、と山田さん。広記は、いやおはずかしいと謙遜《けんそん》している。

「それにしても、いまどきモノクロとは……」

と山田さん。広記は、ビールを飲みながら説明しはじめた。十代の頃から、モノクロ写真にひかれ、自分でもモノクロで撮り続けていた。モノクロ写真にこそ、写真というものの本質があるのではないかと、個人的には思っている。そんな話を、淡々としている。山田さんは、うなずきながら、それをきいている。

「ただ、やっぱり、個人的な思いにすぎなかったんですかね……」

と広記。モノクロフィルムを後押しする企画案をつくり、上司に出した。そのことを話しはじめた。けれど、上司は、まったくとりあわなかった。そのせいで、広記は、飛ばされ、いまこうして保養寮の管理人をやっている。そのことを、ビール片手に、落ち着いた口調で話す。山田さんは、口をはさまず、うなずきながら、話をきいていた。

翌日。山田さんは、わたしたちに、ていねいなお礼を言い、タクシーを呼び、帰っていった。タクシーに乗り込む前、一瞬ふり向き、保養寮の建物を見ていた。

その3日後だった。黒い大型車が、保養寮の玄関に横づけされた。スーツ姿の男が2人、おりてきた。早足で、保養寮に入ってくる。2人とも、50歳ぐらいだろう。片方は太っている。もう1人は痩せて眼鏡をかけている。

2人は、せかせかとした様子で、広記と何か話しはじめた。わたしは、昼ご飯をつくるために、厨房《ちゅうぼう》にいた。やってきた2人は、食堂のテーブルで広記と話しはじめた。何か、大事なことを話しているらしい。やがて、広記は、自分の部屋から、ノート型のパソコンを持ってきた。中年の2人に何か見せている。パソコンから、何枚かプリントアウトし、彼らに渡した。彼らは、それをうけとる。さらに、10分ほど広記と話す。待たせていた車に乗り込み、帰っていった。ここに1時間ほどしかいなかった。

「え……あの人が……」

わたしは、きき返していた。厨房でつくったサンドイッチを、食堂に持っていったときだった。広記が、説明をはじめた。

3日ほど前にここに泊まった山田さん。彼のフルネームは、山田元一郎。いまは、会社の会長。息子の山田純一郎は、いま現在の社長だという。山田元一郎は、昔、〈ヤマゲン〉と呼ばれ、凄腕《すごうで》の社長だったという。10年ほど前から会長におさまり、会社は息子にまかせている。けれど、その経営については、裏で、にらみをきかせているらしい。

「ただ山田さんという名前で宿泊にきたんで、おれも、まったく気づかなかった。いまままで顔を見たこともなかったしね……。ごく普通に、社員の父親だとしか思ってなかったよ」

と広記は言った。それをききながら、わたしは思い返していた。ごく普通の老人に見えたあの山田さん。彼が身につけていたシャツやズボン、持っていたバッグなどは、地味な色だったけど、見るからに質のいいものだった。そして、何より、山田さんの持っていた雰囲気……。落ち着いた物腰。静かだけれど、力のこもった声。そして、生気を失なっていない眼……。それは、退職して七十代のなかばになった老人のものとは感じられなかった。それを、わたしは思い出していた。まさか、会社の会長とは想像もしなかったけれど……。

その山田会長がここから東京に戻った翌日。緊急命令が下ったという。4、5人の役員を呼び出し、会長みずから命令をくだした。その命令とは、広記が以前に提出した企画。モノクロフィルムの後押しをする企画を、すぐに再検討して、実行するべし。そんな指示だったらしい。その指示をしながら、山田会長は役員たちに語ったらしい。いくら売れゆきが落ちたとはいえ、写真フィルムは、わが社の原点であり、精神的な柱ではないのか。それを忘れてしまったら、会社の将来はないだろう。そう、熱く語ったという。

「そこで、あわてた役員の人たちが、いまさっきやってきた?」

わたしが言うと、広記は苦笑い。そういうことらしい、と言った。彼が提出した企画案は、ボツになり、捨てられてしまっている。そこで、広記は自分のパソコンに残っている企画書をプリントアウトして、やってきた役員たちに渡したという。

「それにしても、あの山田さんがねえ……」

わたしが言うと、広記も、うなずいた。まだ信じられない気分だった。

それから、毎日のように、東京の本社から連絡がきはじめた。広記は、電話とメールで本社とやりとりしている。それが10日ほど続いた。そして、わたしに説明した。彼が企画したプロジェクトは、ほとんど最初の提案どおりに通った。彼は、もうすぐ本社に異動する。そのプロジェクトの責任者として仕事をはじめる。そのことを説明してくれた。その夜、広記がシャンパンを買ってきて乾杯した。

彼が、葉山を去る。そのことをきいても、わたしは、あまり動揺しなかった。9月いっぱいで、この保養寮が閉じられる。それをきいたときに、すでに覚悟はできていた。わたしたちの夏は、タイムリミットつきだということが、わかっていた。わたしたちが、シャンパンで乾杯した夜、外の茂みでは、虫が、さかんに鳴いていた。

バスが近づいてくるのが見えた。保養寮から50メートルぐらいのところにあるバス停。広記は、肩に小型のバッグをかけていた。主な荷物は、もう東京に送ってある。

「あんまり無理して働かないでね」

わたしは言った。広記は、小さく、うなずいた。やがて、バスは止まった。ドアが開いた。彼が、わたしを見た。じっと見ている。何か言いたそうだった。けど、わたしは、

「ほら、運転手さんが待ってるわよ」

と言った。彼の肩を軽く押した。彼は、うなずく。バスの乗車口を上がった。乗車券を1枚とる。乗り込んでいった。バスのドアが閉まる。ゆっくりと動き出した。広記は、窓に顔を近づけ、こっちを見ている。わたしは大きく手を振り、彼が小さく手を振った。バスは、遠ざかっていく。ゆるいカーブを曲がって、見えなくなった。

季節のページが、めくられていく。相模湾にも戻りガツオが回遊しはじめた。スーパーの店先に、松茸《まつたけ》が並びはじめた。広記からは、3日に1度ぐらいメールがきていた。新しいプロジェクトが立ち上がり、すごく忙しいらしい。その様子が、メールの文面からも感じられた。わたしは、〈無理してメールくれなくてもいいよ〉とメールした。彼からのメールは、週1回になり、10日に1回になった。

それは、11月のなかば。彼が東京に戻って1ヵ月半が過ぎた頃だった。朝8時半。わたしはランニングをしようとして、部屋を出た。出がけに、郵便ポストを開けてみた。1枚の葉書が入っていた。上質な紙に印刷された葉書だった。

写真コンテストの公募を知らせるための葉書だった。コンテストの主催は、広記の会社。〈第1回モノクロフィルム写真コンテスト〉と太字で印刷されていた。

葉書の半分ぐらいを使って、1枚のモノクロ写真がレイアウトされていた。それは、わたしの写真だった。正確に言うと、広記がわたしを撮ったあの写真だった。陸上競技大会。女子100メートルの決勝。スタート寸前。じっと前を見つめているわたしのアップだった。その写真の下。明朝体で1行のコピーが置かれていた。

〈レンズごしに、好きだと言った。〉

の1行が置かれていた。あとは、コンテストの募集要項が並んでいた。わたしは、部屋に戻った。窓ぎわの机。小さなヤシを植えた鉢がある。葉書を、そっと鉢に立てかけた。また、部屋を出た。

いつものコースを走り、一色海岸に出た。透明な秋の陽が射している。けれど、空気はひきしまり、ひやりとしていた。砂浜に人の姿はない。わたしは、一定のペースで弓形の砂浜を走っていく。アジア大会の強化選手に選ばれたこともあり、いくぶん速めのピッチで走っていく。

やがて、保養寮の塀《へい》が見えてきた。わたしは、走るスピードを落とした。保養寮は、とっくに閉じられている。来月には、解体工事がはじまることになっていた。

わたしは、ふと立ち止まる。陽射しに眼を細めた。保養寮の建物を見つめた。あの葉書にあった1行のコピーを、思い返していた。広記が書いたと思われるあの1行を……。

やがて、わたしは深呼吸ひとつ。また、走りはじめた。背筋をのばし、一定のペースで走りはじめた。海から吹くゆるい西風が、わたしの前髪を、ふわりと揺らして過ぎた。わたしの髪は、夏より少し長くなっていた。自分の影だけを友に、わたしは走り続ける。空一面に、ウロコ雲がひろがっていた。

あとがき

パリの短い夏が終わろうとしていた。

僕は、リュクサンブール公園に近い、ある建物の8階にいた。窓に面したシンプルなデスクに向かっていた。B4の紙を前に、手にはシャープペンシルを持っていた。

小説家としてスタートを切る少し前で、まだ広告制作の仕事をしていた。そのときも、僕は、テレビCFを撮影するため、6日前にパリにきた。

ところが、ホテルで荷物をほどいたとたん、東京から急ぎの連絡が入った。OKになったはずのCFコンテにストップがかかったという。なんでも、クライアントの方針が急に変わったらしい。とにかく、CFコンテを修正してほしいという。

幸い、ロケの本隊はまだ日本を出発していない。パリにきているのは、ディレクターの僕とプロデューサーだけだった。僕は、仕方なく、CFコンテの修正をはじめた。

リュクサンブール公園の近く。ビルの8階に、現地コーディネーターの事務所がある。

そこの一室で、僕はコンテの練りなおしをはじめた。といっても、一度決めた企画を修正するのは、楽な作業ではない。僕は、B4のコンテ用紙に何か描《か》きはじめては破る、ということを続けていた。

そんな苦戦が4日目に入ったときだった。午後5時頃だったと思う。ふと、音楽の切れはしが耳に入ってきた。サックスの音らしかった。

僕は、立ち上がる。窓を開けてみた。すぐとなりにある建物。その屋上が見えた。となりの建物は、あまり高くない。僕がいる8階の窓からは、その屋上が、斜め下に見おろせた。そこで、1人の女性がサックスを吹いていた。

もっと正確に言うと、若い女性が、アルトサックスを吹いていた。排気のダクトなどがある殺風景な屋上。彼女は栗色の髪を、後ろでまとめている。ざっくりとした綿のセーターを着ている。細身のジーンズをはいている。北海道と同じような緯度にあるパリ。その9月はじめ。風がひんやりとしている。すでに、近づきつつある秋の匂いがしていた。

彼女が吹いている曲、それが、ジャズの定番〈Misty《ミスティ》〉だと、すぐにわかった。僕には、事情がなんとなく理解できた。パリの住宅事情は、けして良くない。アパートメントの部屋も、狭いことが多い。そんな部屋で音量の大きいサックスを吹くことはできないだろう。それで、この殺風景な屋上が彼女の練習スタジオ……。そういうことらしい。どうやら、彼女は、ジャズミュージシャンの卵のようだった。

パリでジャズときいて、意外に思う人もいるかもしれない。けれど、世界で、ジャズというものを〈ちゃんとした音楽〉として初めて認めたのは、パリの人たちだ。そして、いまも、パリのあちこちにジャズのライヴをやっている店がある。若いミュージシャンたちも、そういう店で演奏するチャンスを待っている。いまサックスを吹いている彼女も、そんな一人なのかもしれない。

斜め上から見ている僕に、彼女の表情はよく見えない。ただ、熱心に練習していることは、わかった。とちゅうでミスをすると、そこを何回も何回も吹いている。

陽は、すでに、かなり傾いている。彼女の栗色の髪に、金色のアルトサックスに、夕陽が当たっている。彼女の影は、長く屋上にのびている。上から見ているせいか、彼女の姿には一種の孤独感が漂っていた。ただし、その孤独感は、たとえば、わびしさとか、みじめさを感じさせるものではなかった。逆に、〈前向きな孤独〉とでも呼ぶのが似合うかもしれない。人が、何かをめざそうとするとき、何かをやりとげようとするとき、ごく自然に漂わせる孤独感と言えるのかもしれない。

そして、あのとき、屋上のサックスプレーヤーである彼女から感じたインスピレーションを出発点にして、書き上げたのが、今回のラヴストーリー集だ。

4編のラヴストーリー。そのヒロインたちに共通するのは、前向きな孤独。何かを真摯《しんし》にめざしているために……あるいは、自分が自分らしくあることを選択したために、いやおうなく感じる孤独……。

彼女たちは、そのような孤独を、必然のようにうけとめ、あるいはその孤独からくるプレッシャーに耐え、自分らしく生きていこうとする。そんな彼女たちの前に、同じような孤独をかかえた相手があらわれ、ラヴストーリーは、ゆっくりとはじまっていく。

ときには都会の片すみで……ときには南洋の陽射しの中でくりひろげられる出会い。心に孤独をかかえた者同士の恋は、ハッピーエンドになるのか、それとも、切ないラストシーンが待っているのか……。

この1冊は、そんなラヴストーリー集であり、僕が言う〈ビタミン小説〉でもあると思う。現代に生きている誰もが、多かれ少なかれ体験するだろう孤独感と向かい合いながら、凛《りん》として自分らしく生きていくヒロインたちの姿が、読者のあなたを少しでも勇気づけることを、作者としては願っている。

この1冊も、角川書店編集部の伊知地香織さんとのミックスダブルスで完成させることができた。伊知地さん、お疲れさま。いつも、センスのいいカバーデザインをしてくれる角川書店装丁室の都甲玲子さん、今回もありがとう。

そして、この本を手にしてくれたすべての読者の方へ、サンキュー。また会えるときまで、少しだけグッドバイです。

すでに真夏の陽射しあふれる葉山で　喜多嶋　隆

※このあとに案内のある僕のファン・クラブですが、最近では会員の年齢が上がってきています（読者の年齢層が上がっているのでしょう）。三十代、四十代、五十代

はもちろん、六十代の方もいます。そんな会員の方たちは、たとえば二十代の若い会員の方々とも楽しく交流されているようです。自分はもう年だからなどと照れずに、ぜひ仲間に入ってください。

〈喜多嶋隆ファン・クラブ案内〉

〈芸能人でもないのに、ファン・クラブなんて〉とかなり照れながらも、熱心な方々の応援と後押しではじめたファン・クラブですが、はじめてみたら好評で、発足して15年目をむかえることができました。このクラブのおかげで、読者の方々と直接的なふれあいができるようになったのは、僕にとって大きな収穫でした。

〈ファン・クラブが用意している基本的なもの〉

①会報――僕の手描き会報。カラーイラストや写真入りです。近況、仕事の裏話、ショート・エッセイ、サイン入り新刊プレゼントなどの内容が、ぎっしりつまっています。

②『ココナッツ・クラブ』――喜多嶋が、これまでの作品の主人公たちを再び登場させて描くアフター・ストーリーです。それをプロのナレーターに読んでもらい、洒落《しゃれ》たBGMにのせて構成したプログラムです。CDと、カセットテープの両方を用意してあります。すでに、「ポニーテール・シリーズ」「湘南探偵物語シリーズ」「嘉手納広海シリーズ」「ブラディ・マリー・シリーズ」「南十字星ホテル・シリーズ」、さらに、「CFギャング・シリーズ」の番外篇などを制作して会員の方々に届けています。プログラムの最後には、僕自身がしばらくフリー・トークをしています。

③ホームページ――会員専用のホームページです。掲示板、写真とコメントによる〈喜多嶋隆プライベート・ダイアリー〉などなど……。ここで仲間を見つけた人も多いようです。

さらに、
★年に2回は、葉山マリーナなどでファン・クラブのパーティーをやります。2、3ヵ月に1度は、ピクニックと称して、わいわい集まる会をやっています（もちろん、すべて、喜多嶋本人が参加します）。
★当分、本になる予定のない仕事（たとえば、いろいろな雑誌に連載しているフォト・エッセイ）などを、できる限りプレゼントしています。他にも、雑誌にショート・ストーリーを書いた時、インタビューが載った時、FMなどに出演した時などもお知らせします。
★もう手に入らなくなった昔の本を、お分けしています。
★会員には、僕の直筆によるバースデー・カードが届きます。
★僕の船〈マギー・ジョー〉による葉山クルージングの企画を春と秋にやって

いて好評です。

※その他、ここには書ききれない、いろいろな企画をやっています。興味を持たれた方は、お問合せください。くわしい案内書を送ります。

会員は、A、B、C、3つのタイプから選べるようになっていて、それぞれ月会費が違います。

A——毎月送られてくるのは会報だけでいい。

〈月会費　600円　12ヵ月ごとの更新〉

B——毎月、会報と『ココナッツ・クラブ』をカセットテープで送ってほしい。

〈月会費　1500円　6ヵ月ごとの更新〉

C——毎月、会報と『ココナッツ・クラブ』をCDで送ってほしい。

〈月会費　1650円　6ヵ月ごとの更新〉

※A、B、C、どの会員も、これ以外の会員としての特典は、すべて公平です。
※新入会員の入会金は、A、B、Cに関係なく、3000円です。

くわしくは、左記の事務局に、郵便、FAX、Eメールのいずれかでお問合せください。

新住所　〒240-0112　神奈川県三浦郡葉山町堀内1107
葉山シーサイドヴィレッジ201　〈喜多嶋隆FC〉
FAX　046・876・0062
Eメール　coconuts@jeans.ocn.ne.jp

※お申込み、お問合せの時には、お名前とご住所をお忘れなく。なお、いただいたお名前とご住所は、ファン・クラブの案内、通知などの目的以外には使用しません。

本書は書き下ろし作品です。

みんな孤独《こどく》だけど

喜多嶋《きたじま》 隆《たかし》

角川文庫 17535

平成二十四年八月二十五日 初版発行

発行者—井上伸一郎
発行所—株式会社角川書店
東京都千代田区富士見二—十三—三
電話・編集 (〇三)三二三八—八五五五
〒一〇二—八〇七八
発売元—株式会社角川グループパブリッシング
東京都千代田区富士見二—十三—三
電話・営業 (〇三)三二三八—八五二一
〒一〇二—八一七七
http://www.kadokawa.co.jp

印刷所—旭印刷 製本所—BBC

装幀者—杉浦康平

定価はカバーに明記してあります。

き 7-39

ISBN978-4-04-100427-2 C0193

角川文庫発刊に際して

角川源義

第二次世界大戦の敗北は、軍事力の敗北であった以上に、私たちの若い文化力の敗退であった。私たちの文化が戦争に対して如何に無力であり、単なるあだ花に過ぎなかったかを、私たちは身を以て体験し痛感した。西洋近代文化の摂取にとって、明治以後八十年の歳月は決して短かすぎたとは言えない。にもかかわらず、近代文化の伝統を確立し、自由な批判と柔軟な良識に富む文化層として自らを形成することに私たちは失敗して来た。そしてこれは、各層への文化の普及滲透を任務とする出版人の責任でもあった。

一九四五年以来、私たちは再び振出しに戻り、第一歩から踏み出すことを余儀なくされた。これは大きな不幸ではあるが、反面、これまでの混沌・未熟・歪曲の中にあった我が国の文化に秩序と確たる基礎を齎らすためには絶好の機会でもある。角川書店は、このような祖国の文化的危機にあたり、微力をも顧みず再建の礎石たるべき抱負と決意とをもって出発したが、ここに創立以来の念願を果すべく角川文庫を発刊する。これまで刊行されたあらゆる全集叢書文庫類の長所と短所とを検討し、古今東西の不朽の典籍を、良心的編集のもとに、廉価に、そして書架にふさわしい美本として、多くのひとびとに提供しようとする。しかし私たちは徒らに百科全書的な知識のジレッタントを作ることを目的とせず、あくまで祖国の文化に秩序と再建への道を示し、この文庫を角川書店の栄ある事業として、今後永久に継続発展せしめ、学芸と教養との殿堂として大成せんことを期したい。多くの読書子の愛情ある忠言と支持とによって、この希望と抱負とを完遂せしめられんことを願う。

一九四九年五月三日

角川文庫ベストセラー

きみの愛が、僕に降りそそいだ　喜多嶋　隆

突然、心身に異変を生じた哲男は、休みを取って故郷に戻った。そこで、生命力溢れる女性・凪と出会い、彼女との触れ合いに生と性の回復を感じ始めるが……ひとつになれない男女の切なさを描く極上の恋愛小説。

On The Beach　喜多嶋　隆

湘南、ハワイ、ロス……夏の風が吹き抜ける海辺の街で生まれた5つの愛——。夏らしいカラッとした爽やかさの中に、ほろ苦さ、切なさが溢れるハートウォーミングな物語。大人のための書き下ろし短編集。

サイドシートに君がいた　喜多嶋　隆

クルマをモチーフにした5つの愛の物語。フォルクスワーゲンを見つめながら、失った大切な時に想いを馳せる男など、時に切なく、ほろ苦さの中にも愛おしさが溢れる短編集。

ふたりでKIKIを聴いていた　喜多嶋　隆

夕日の海辺、通り雨に濡れるレッド・ジンジャー……カラリとした爽やかさと時に切ないハワイの風を感じる恋愛短編集。ハワイを舞台とした書き下ろし短編と雑誌のショートストーリー連載をこの一冊に。

水恋　SUIREN　喜多嶋　隆

その夏の終わり、僕は初めて本当の恋を知る。けれど、それは、すくい上げた水のように淡く、はかなく、手からこぼれて消えた……僕と水絵——二つの魂の触れ合いと別離を繊細に描いた、極上の恋愛小説。

角川文庫ベストセラー

ラヴレター　岩井俊二

雪山で死んだフィアンセ・樹の三回忌に博子は、彼が中学時代に住んでいた小樽に手紙を出す。天国の彼から？　今は国道になっているはずのその住所から返事がきたことから、奇妙な文通がはじまった。

スワロウテイル　岩井俊二

架空都市・円都（イェンタウン）。世界中から一攫千金を夢見て集まる移民たち。アゲハやグリコもそんな一人だった。あてどない日々の中で、ニセ札が出回り、欲望と希望が渦巻いていく。映画原作小説。

リリイ・シュシュのすべて　岩井俊二

カリスマ歌姫、リリイ・シュシュのライブで殺人事件が起きる。サイト上で明らかになった、その真相とは？　ネット連載した小説をもとに映画化され、話題を呼んだ原作小説。

ぼくの手はきみのために　市川拓司

失われていく命への慈しみと喪失の不安、そして、哀しみの中で見つけた希望の光——。慎ましく生きる主人公たちが〝この星でひとつきりの組み合わせ〟に辿り着くまでの、優しい三つの愛の物語。

パイロットフィッシュ　大崎善生

かつての恋人から19年ぶりにかかってきた一本の電話。アダルト雑誌の編集長を務める山崎がこれまでに出会い、印象的な言葉を残して去っていった人々を追想しながら、優しさの限りない力を描いた青春小説。

角川文庫ベストセラー